AF186380

Tucholsky Wagner Zola Scott Sydow Freud Schlegel
Turgenev Wallace Fonatne

Twain Walther von der Vogelweide Fouqué Friedrich II. von Preußen
Weber Freiligrath Frey

Fechner Fichte Weiße Rose von Fallersleben Kant Ernst Richthofen Frommel
Hölderlin

Engels Fielding Eichendorff Tacitus Dumas
Fehrs Faber Flaubert

Maximilian I. von Habsburg Fock Eliasberg Zweig Ebner Eschenbach
Feuerbach Ewald Eliot Vergil

Goethe Elisabeth von Österreich London

Mendelssohn Balzac Shakespeare Dostojewski Ganghofer
Trackl Lichtenberg Rathenau Doyle Gjellerup

Stevenson Tolstoi Hambruch Droste-Hülshoff
Mommsen Lenz

Thoma von Arnim Hanrieder

Dach Verne Hägele Hauff Humboldt
Karrillon Reuter Rousseau Hagen Hauptmann Gautier
Garschin

Damaschke Defoe Hebbel Baudelaire
Descartes

Hegel Kussmaul Herder
Wolfram von Eschenbach Schopenhauer

Darwin Dickens Rilke George
Bronner Melville Grimm Jerome

Campe Horváth Aristoteles Bebel Proust

Bismarck Vigny Voltaire Federer Herodot
Gengenbach Barlach Heine

Storm Casanova Tersteegen Gilm Grillparzer Georgy
Chamberlain Lessing Langbein

Brentano Gryphius

Strachwitz Claudius Schiller Lafontaine
Kralik Iffland Sokrates

Katharina II. von Rußland Bellamy Schilling
Gerstäcker Raabe Gibbon Tschechow

Löns Hesse Hoffmann Gogol Wilde Vulpius
Luther Heym Hofmannsthal Klee Hölty Morgenstern Gleim

Roth Heyse Klopstock Kleist Goedicke
Luxemburg Puschkin Homer Mörike

La Roche Horaz Musil
Machiavelli Musset Kierkegaard Kraft Kraus

Navarra Aurel Lamprecht Kind Kirchhoff Hugo Moltke
Nestroy Marie de France

Laotse Ipsen Liebknecht
Nietzsche Nansen Ringelnatz

Marx Lassalle Gorki Klett
von Ossietzky May Leibniz

vom Stein Lawrence Irving
Petalozzi

Platon Knigge Kafka
Pückler Michelangelo

Sachs Poe Kock
de Sade Praetorius Mistral Liebermann Korolenko

Zetkin

Der Verlag tradition aus Hamburg veröffentlicht in der Reihe **TREDITION CLASSICS** Werke aus mehr als zwei Jahrtausenden. Diese waren zu einem Großteil vergriffen oder nur noch antiquarisch erhältlich.

Symbolfigur für **TREDITION CLASSICS** ist Johannes Gutenberg (1400 — 1468), der Erfinder des Buchdrucks mit Metalllettern und der Druckerpresse.

Mit der Buchreihe **TREDITION CLASSICS** verfolgt tradition das Ziel, tausende Klassiker der Weltliteratur verschiedener Sprachen wieder als gedruckte Bücher aufzulegen – und das weltweit!

Die Buchreihe dient zur Bewahrung der Literatur und Förderung der Kultur. Sie trägt so dazu bei, dass viele tausend Werke nicht in Vergessenheit geraten.

# Erkenne dich selbst

Paul Heyse

# Impressum

Autor: Paul Heyse
Umschlagkonzept: toepferschumann, Berlin

Verlag: tradition GmbH, Hamburg
ISBN: 978-3-8424-0588-2
Printed in Germany

Text der Originalausgabe

Paul Heyse

# Erkenne dich selbst

(1856)

Seit einer Woche war ich in Florenz und befand mich dort von Herzen wohl. Denn die Stadt vereinigt farbiges nationales Leben in aller schönen Ungebundenheit des Südens mit einem hinlänglichen Maß jener modernen Bildung und geistigen Regsamkeit, ohne die dem Nordländer sein Dasein selbst in der lachendsten Scenerie, unter den liebenswürdigsten Naturmenschen auf die Länge wie ein Traum vorkommt. Auch die toscanische Reinlichkeit erquickt hier ein wohlerzogenes deutsches Gemüth nach so manchen römischen und neapolitanischen Drangsalen, ohne daß es doch an malerischen Lumpen und antiker Halbnacktheit gänzlich mangelte, zumal in der gesegneten Jahresmitte, wo ein Platen-fester Reisender weiß, daß man in Florenz »zur Kohle verglühn« kann, wenn man die landübliche Unbefangenheit sich nicht zu Nutze macht.

Daß ich in all diese Vorzüge des Florentiner Lebens sogleich eingeweiht werden sollte, dafür hatte mein Schutzgeist mit besonderem Wohlwollen gesorgt. Er führte mich bei meiner ersten Umschau nach einer Privatwohnung in ein sauberes, kühles Haus, dessen zweiter Stock von einer würdigen Wittwe einzeln vermiethet wurde. Die Magd wies mich in ein Hinterzimmer, aus dem mir ein rauhhaariger kleiner Hund mit gesittetem, halblautem Bellen entgegenlief. Die Signora Eugenia selbst lag auf dem Sopha, in einer jedem kühleren Lufthauch, der sich durch die Jalousieen stehlen wollte, äußert zugänglichen Haustracht. Selbst für einen Kenner des neapolitanischen Sommerkostüms war es verzeihlich, wenn er Abstand nahm, einzutreten, so sehr war diese bei den ersten Anfängen stehen geblieben und wesentlicher Ergänzung bedürftig. Die Dame indeß schien nichts zu vermissen. Sie nahm ruhig eine Nadel, steckte das saubere Hemd über der Brust zusammen, zog die Füße in den weißen Strümpfen bescheiden und anmuthig unter den Rock und bat mich mit freundlicher Handbewegung, den dadurch freigewordenen Sophaplatz einzunehmen, während sie selbst wie ein Murmelthier zusammengerollt in ihrer Ecke liegen blieb.

Ein gut Theil meiner Blödigkeit wich, als ich in dem Helldunkel des kühlen Gemachs mich von den gesetzten Jahren der Inhaberin überzeugte. Auf der wunderlich verschwommenen Figur saß ein starker Kopf, an das berühmte Birnenhaupt erinnernd, auf dem die französische Krone nicht haften wollte. Keine Art von Haube verunzierte den stattlichen Contour, und ein paar schwarze Locken hingen lose zu beiden Seiten auf die Schultern herab. Es hatte gar nichts Komisches, wenn sie bei jedem Schütteln des Hauptes, ohne welches die Signora kein Nein zu sagen vermochte, langsam hin und her pendelten. Auch die kleinen schwarzen Augen, die männliche Nase und der breite Mund – schätzbare Requisite eines Buffonengesichts – waren eines sehr majestätischen Ausdrucks fähig, besonders der Magd gegenüber, die, eine starkgliedrige Person, nicht viel besser als eine Leibeigene von ihrer Herrin gehalten wurde und vor einem ungnädigen Blicke derselben zitternd zusammenzuschrumpfen schien.

Die Signora hatte ein Buch weggelegt, als ich eintrat; ich konnte in dem grünen Jalousiendämmer nur sehen, daß es Verse waren. Eine kleine Ausgabe des Alfieri lag auf dem Tisch neben ihr, darüber und darunter ein bunter Haufe Journale und Zeitungen. Auch im Uebrigen war in dem Zimmer von weiblichem Apparat wenig zu erblicken, nicht einmal ein Spiegel an der Wand; wogegen die Lage nach dem Hofe, die Stille und Kühle zur Meditation sehr einluden.

Ich fragte, ob noch ein ähnliches Zimmer frei stehe, worauf sie ruhig das Haupt schüttelte und mich im besten Toscanisch, fließend, aber nicht überflüssig, nach den Himmelsgegenden über die Vorzüge dieses einzigen Gemachs aufklärte. Doch stehe auf den übrigen Zimmern nur die Morgensonne, über Tag seien sie bis auf die Unruhe der Straße nicht minder behaglich als dieses. Sie werden begreifen, fuhr die Signora fort, ich gehe nie aus, außer ins Theater. Mein Zimmer ist mein Florenz; so muß ich es mir schon nach meinen Bedürfnissen aussuchen.

Die Magd wurde dann gerufen und geheißen, mich zu den leeren Zimmern zu führen. Sie selbst blieb bis auf eine entlassende Handbewegung unerschütterlich liegen. Ich bin noch nicht angezogen, Sie müssen verzeihen, sagte sie. Ich verbeugte mich und ging, die Magd pantoffelte voran; ein Gang durch den Corridor, den fünf oder sechs Thüren vorbei, die alle offen standen, zeigte mir, daß ich noch die Wahl völlig frei hatte, und so wählte ich das mittelste Zimmer, wo mich ein kleiner runder Marmortisch mit vergoldetem Fuß aus der Ferne anlachte. Bei näherer Untersuchung theilte das

Sopha dahinter freilich den Ruhm des Wagens, der mich von Siena hergebracht hatte: beide waren, wie sich der Vetturin schmunzelnd auszudrücken pflegte, »hart, aber reinlich«. Ich kehrte es seufzend um und sagte: Reinlich, aber – hart! Zum Glück ließ sich dem Bett dasselbe nachsagen, und das weiße, dichtschließende Netz gegen die Zanzaren, jene nächtlichen, geflügelten Blutsauger, beruhigte mich vollends darüber, daß ich eine Gelehrte zur Wirthin hatte.

Denn das war sie, wie mir die Magd, sobald wir allein waren, fast mit gefalteten Händen vertraute. »Alle Professoren in Florenz kennen und besuchen sie, und wenn ich über die Straße gehe, Signor, rufen sie mich an: Was macht Eure Herrin, Stella? oder: Grüßt die Signora Eugenia! daß ich ganz roth werde von der Ehre, eine dumme Person, wie ich bin. Ich bin auch eine Wittwe, und mein seliger Mann, der ein Koch war, hat mir noch auf dem Sterbebette gesagt, der Kutscher seines Herrn Grafen, der Luigi habe ein Auge auf mich, ich solle mein Glück nicht von mir stoßen. Aber nein, Herr, ich halte was auf die Ehre, und wenn auch Manche sich nichts Besseres wünschen kann, als ihren Mann auf dem hohen Bock zu sehen, mit den Sammethosen und veilchenblauer Livree, – ich hatte schon als Jungfer bei der Signora gedient, und es ist besser, dacht' ich, du gehst wieder zu ihr, die so viel Genie hat, und bleibst da bis an dein seliges Ende, wenn sie dich behalten will, eine dumme Person, wie du bist, als du lässest dich von dem Tölpel, dem Kutscher, schlagen, der nicht einmal Heu und Hafer zusammenrechnen kann. O Signor, wenn ich von nebenan höre, wie sie lauter so Sachen reden, die ich nicht capire, werde ich so stolz und zufrieden, wie ich nicht sein könnte, wenn mich auch der Kutscher des Großherzogs geheirathet hätte!«

So brauchte ich denn, wie ich nach dem Anfang schließen konnte, um Unterhaltung in diesem Hause nicht besorgt zu sein. Doch benutzte ich die Gelegenheit nur mäßig, besonders was die brave Stella betrifft, und selbst das »Genie« der Signora Eugenia unterbrach nur selten die langen, feierlichen oder heiteren Gespräche, die ich mit dem Genius der alten Stadt im Stillen pflog. Es gingen zu viel Ehrenmänner bei ihr aus und ein, und Dieser und Jener schien sich näher an mich anschließen zu wollen, was mich aus meiner empfangenden Stille herauszureißen drohte. Das Glück, sich ungestört mit den herrlichen Werken der großen alten Zeit zu erfüllen, gleichsam auf windstillem Kahn stromaufwärts in die Vergangenheit zurückzufahren und die fernen Ufer zu bestaunen, wollte ich mir durch keinen heutigen Menschenwitz und Menschenverstand verkümmern lassen.

Ich war darum wenig froh überrascht, eines Tages einem alten Bekannten aus Deutschland zu begegnen. Schon auf der Universität, wo ich ihn kennen gelernt, war ich ihm gern ausgewichen. Auch jetzt, als er mich, über Eis und Theaterzeitung vertieft, in einem Kaffeehause anredete, machte ich einen schwachen Versuch, durch ein fremdes Aufblicken ihn von mir fern zu halten. Er hatte leider von je her die Art, mit einer schadenfrohen Schärfe des Blicks dergleichen zu wittern und zu vereiteln, indem er es einem ins Gesicht sagte.

Sie freuen sich nicht sehr, mich zu sehen, wie ich merke, sagte er ruhig. Wie lange ist es doch her, seit wir das letzte Wort mit einander tauschten? Vier Jahre oder fünf? Jedenfalls Zeit genug, sich zu verändern. Sie haben gewiß diese Zeit benutzt; ich leider nur, um immer eigensinniger der zu bleiben, der ich damals war. Wenn mir recht ist, konnten Sie mich früher nicht leiden. Dieselbe Freiheit haben Sie natürlich auch jetzt noch. Es wäre aber freundlich von Ihnen, sich derselben nicht gleich von vorn herein zu bedienen; denn wie Sie mich da sehen, bin ich zwar vielleicht noch unleidlicher, als sonst, aber mit dem Unterschiede, daß ich mir selber dabei leid thue.

Seine Stimme, deren schneidende Schärfe mir noch sehr gut in der Erinnerung war, klang bei diesen Worten weicher und herzlicher als je. Ich stand auf und gab ihm die Hand.

Lassen Sie mich die Thorheiten meiner Mondscheinjahre nicht entgelten, Franz, sagte ich lachend. Wie wir uns damals trafen, litt ich gerade am lyrischen Fieber, und Sie fühlten mir zuweilen unsanft den Puls und dachten mich durch Sturzbäder zu heilen. Mein Fall wird Sie darüber aufgeklärt haben, daß man besser thut, die Krankheit austoben zu lassen. Ich entsinne mich noch jenes wilden Schwindelanfalls, in welchem ich auf mein Recht trotzte, so krank und verrückt und hitzig zu sein, wie mir beliebte, und Ihre kühle Gesundheit gründlich zu verachten. Welcher meiner lyrischen Heiligen war es doch, den sie mir gelästert und seiner Glorie beraubt hatten?

Ich weiß nicht mehr, sagte er nachdenklich – das aber weiß ich, daß ich Sie schon damals um alles das beneidete, was ich einen sentimentalen Wahn schalt. Die schnödeste Mißgunst reizte mich, Ihre Begeisterung zu verspotten. Begeistert sein – um den Preis hätte ich selbst ein dummer Mensch werden mögen. Freilich waren diese Wünsche damals seltene Gäste in mir, während jetzt – aber kommen Sie ins Freie.

Wir gingen. Der Abend war schattig, allein so schwül, als glühe statt einer goldenen eine schwarze Sonne auf die Stadt herab. Doch wogte in der schönen Straße, die den Domplatz mit dem Platz des Großherzogs verbindet, ein müßiger Menschenstrom auf und ab, alle Kaffeehäuser standen offen, Geschrei der Verkäufer, die an den niedrigen Tischen ihre Waaren ausgelegt hatten, gellte in das Summen aller europäischen Zungen hinein, und schon begannen die ersten schüchternen Mondstrahlen über den beweglichen Menschenköpfen ihr Netz zu weben.

Nein, sagte Franz, als ich in eine stillere Seitenstraße ablenken wollte, bleiben wir unter der Menge. Ich weiß, daß Sie sich auf Geständnisse gefaßt machen, und mit Recht, denn was ich Ihnen über acht Tage doch vertrauen würde, kann ich Ihnen eben so gut in der ersten Stunde sagen. Aber zu meiner Handvoll Schicksal braucht es keiner geheimnißvollen Scenerie, plätschernder Brunnen, einsamer Paläste, mauzender Kater und verliebter Pärchen, die sich in die Schatten drücken, wenn wir vorbeikommen. Es reizt mich gerade, mitten unter dem Geplapper und Gewälsch dieser friedlichen Spaziergänger Ihnen meine aufrichtige Meinung über mich zu sagen. Doch gestehen Sie selbst, ob es Ihnen nicht wie eine Sünde vorkommt, daß ich Ihnen auch hier den Abend verderben will, wie so manchen am Rhein! Was gehe ich Sie an? Was können Sie mir helfen? Es kam mir vorhin, als ich Sie so zufrieden sitzen und sich der Kritik über Signora Ristori erfreuen sah, in den Sinn, daß ich meine alten Spottsünden nicht besser wieder gut machen könnte, als indem ich nun Ihnen Gelegenheit gäbe, meiner zu spotten. Wenn Sie Lust zur Schadenfreude haben, nun gut, so mögen Sie erfahren, daß der, den ihr guten Jungen den Mephisto zu nennen pflegtet, weil er eure Schwärmereien verneinte, im Grunde nur ein sehr dummer Teufel war. Denn ein Klügerer hätte sich wohl gehütet, sich selbst zu verneinen.

Er sagte das Alles hastig, leise, mit dem Tone völliger Resignation; ich erkannte ihn kaum wieder.

Thun Sie, wie Sie wollen, erwiederte ich; reden Sie, schweigen Sie – meine Abende sind nicht mehr so leicht zu verderben, wie sonst. Ich möchte wissen, was mich jetzt um den Genuß bringen sollte, in diesem Strome von Lebensluft mitzuschwimmen, der uns zuletzt vor der Loggia dei Lanzi absetzen wird.

Ich erkenne daran unseren Unterschied, sagte Franz. Sie merken nur die Eine Richtung des Stromes, in der *Sie* sich fortbewegen; ich bin mir in demselben Augenblicke auch des Gegenstromes bewußt, und wenn Sie mich nicht am Arm hätten und fortzögen, würde ich von den Menschen, die uns entgegenkommen und sich an unsere Ellenbogen stoßen, so stutzig gemacht, daß ich vor lauter Bewegung vor- und rückwärts am Ende verblüfft stehen bliebe. Da haben Sie mein Schicksal.

Ich blieb nun meinerseits wirklich stehen und sah ihn an. Nein, sagte er, das müssen Sie nicht; vorwärts, oder wir wurzeln hier beide ein.

Wir gingen der Piazza del Granduca zu, schweigend, um so mehr, als der Lärm der Trödler, Antiquare, Eßwaarenverkäufer und Seifenkrämer, die ihre roba di fallimento um einen Spottpreis ausboten, jedes Gespräch unmöglich machte. Auf dem Platze war das Mondlicht mächtiger, da keine Laternen es beunruhigten. In breiter Masse stieg der Palazzo vecchio vor uns auf, zur Rechten die Loggia, deren Bildwerke, Cellini's Perseus an der Spitze, etwas grauenhaft Starres in diesem Zwielicht hatten, etwa wie die Templeisen um den Gral herum, die auf das »Wort« harren, um erlöst zu werden. Das Unheimliche dieser schweigenden Gesellschaft, dieses Perseus, der mit der Miene des tiefsten Kummers das Medusenhaupt, das er in die Höhe hebt, nicht anzuschauen wagt und den kalten, zusammengeschlungenen Leib, auf dem er steht, mit schaudernden Sohlen tritt, dort jene Judith mit Holofern, die Sabinerin, die sich im Arm ihres römischen Räubers gen Himmel windet, im Grunde längs der Wand die edle Thusnelda mit den andern Gefangenen, dazu die Treppe zu der Halle von den beiden Löwen bewacht – jeden Abend überfiel mich der Schrecken von Neuem, und kaum weiß ich, ob die Halle in der todten Mittagssonne die Phantasie mit gelinderer Gespensterkraft erfaßt, als in Nacht und Mondlicht oder Morgendämmerung.

Franz schien von alle dem nichts an sich zu spüren; gleichmüthig ging er vorüber, und wir lenkten unsere Schritte durch die Arcaden der Uffizien dem Arno zu. Was ihn umgab, würdigte er keines Blickes. Er hatte meinen Arm losgelassen, sah auf die breiten Platten der Straße nieder und schien an nichts zu denken.

Wie lange sind Sie in Florenz? fragte ich.

Seit heute.

Und doch scheinen Sie mit all diesen Straßen und Plätzen seit Jahren vertraut.

Weil ich mich nicht darin umsehe? – Er lachte kurz und traurig auf. Da kommen wir wieder auf den einen Punkt. Sehen Sie, ich habe die Erfahrung gemacht, je mehr ich mich in etwas umsehe, desto weniger will mir's vertraut und traulich werden. Mir selber bin ich ganz fremd geworden, weil ich – aber sagen Sie mir erst, wofür Sie mich halten, daß ich überall mein leidiges Ich ins Spiel bringe! Denken Sie nicht, ich sei mir über die Maßen interessant? Lieber Himmel! über die Maßen langweilig bin ich mir; aber daß ich's nicht lassen kann, daran zu denken, das ist mein Unglück. Ein Kranker spricht auch immer von sich, weil er sein Dasein in jedem Augenblick an seinen Schmerzen empfindet. Und krank bin ich, gemüthskrank – geisteskrank – wie Sie wollen.

Erschrecken Sie nicht, fuhr Franz fort. Ich bin keinem Tollhause entsprungen, ich werde mich allezeit aufs Manierlichste betragen und keine Versuche machen, meinen Kopf zu essen oder über mich selber wegzuspringen. Es ist nur eine kleine Schlaflosigkeit des Geistes, an der ich leide, und um welche einzulullen mein Arzt mich nach Italien geschickt hat. Wenn ich's nur lassen könnte, aufzupassen, ob der Schlaf nicht kommen will, so käme er wohl am Ende. So aber bin ich gewiß, daß ich ungeheilt und unheilbar heimkehre.

Damit hatte er sich auf das Geländer der Arnobrücke gesetzt, und ich folgte stillschweigend seinem Beispiele. Wir sahen beide in den Strom hinab, der mit stillem Rauschen sich um die Brückenpfeiler drängte und ins Land hinausfloß. Die Lichter in den Häusern des Lungarno spiegelten sich als kleine Funken in der Tiefe, wie ein elektrisches Aufblitzen des Elementes selbst. Zu beiden Seiten lag die schöne Stadt, fern rollten die Wagen, und nur selten kam ein trällernder Fußgänger an uns vorbei.

Hier erzählte er, wenn es Erzählen heißen kann, in Einem Athem hundertmal sich widerlegen, seine eigenen Worte verspotten und, um genau zu sein, das kaum Gesagte wieder in Frage stellen. Wenn ich versuchen wollte, seine Reden wiederzugeben, wie er sie fieberhaft abgerissen, vor lauter Schärfe verworren vor mich hin schüttete, so würde ich damit Bogen anfüllen. Die Hauptsache, auf die es hinauslief, ist mit wenigen Worten gesagt.

Sein Vater, der ein reicher Kaufmann in F. gewesen war, hatte seine nicht geringe Bildung sich ganz allein verdankt. Er war in den Alten belesen, in der Geschichte bewandert, und da er in ungebildeten Kreisen aufgewachsen war und sich genötigt sah, alles, was er an geistiger Nahrung bedurfte, sich auf eigene Hand zu erwerben, gegen den Geist der Familie zu behaupten und im Stillen weiterzupflegen, so hatte sich in seine Natur ein gewisser Trotz der Selbständigkeit eingenistet, den er auf seinen Sohn zu vererben wünschte. Nichts war ihm von außen gekommen, darum verachtete er alles, was die meisten Menschen schätzen, weil es ihnen von der Autorität der Sitte überliefert wird. Er erzog seinen Sohn mit einem einzigen Wort: Erkenne dich selbst! Er forderte nichts von ihm als unausgesetzte, rücksichtslose Selbstprüfung, ohne sich jemals um das Resultat zu bekümmern. Nur gegen Gleichgültigkeit, Träumerei und Hindämmern in Gewohnheiten und Zufälligkeiten war er unerbittlich. Sobald er zu bemerken glaubte, daß der Knabe gedankenlos Gehörtes oder Gelesenes nachsprach, zeigte er ihm mit der dialektischen Schärfe, die ihm eigen war, den Gegensatz als das Wahre, um auch diesen wieder fallen zu lassen, wenn er Eindruck zu machen schien. War der junge Kopf dann von Rathlosigkeit geängstigt und verstummte im Gedränge der Zweifel, so pflegte der alte Herr abzubrechen und zu sagen: auf die Dinge kommt es nicht an, sie sind wahr und falsch, für den Einen so, für den Andern so. Auf dich kommt es an; also erkenne dich selbst.

Aber wie die physische Natur des Menschen in der Jugend mehr Schlaf bedarf, als in ihrer Reife, so will auch die geistige in der Zeit ihres Aufblühens Ruhe und Stille, um zu erstarken. Die Seele muß geschont werden, wenn der Geist wahrhaft zu sich selber kommen soll. Jene schöne Dumpfheit der Jugend, jene träumerische, unbewußte Fülle, die reine Genußkraft der noch unerschöpften Sinne gingen dem jungen Franz über seinem vorzeitigen Ringen nach Selbstgewißheit verloren.

Das Schlimmste aber war, daß er, während er so das innige, gläubig sich hingebende Verhältniß zu den Erscheinungen der Welt verlor, wie es nicht anders sein konnte, auch jede volle Empfindung seiner selbst mehr und mehr einbüßte. Daß gerade, was der Vater in ihm befestigen wollte, der eigene Instinct, erlahmte, weil er in jedem Augenblick zur Rechenschaft gezogen wurde. Er hatte hundert Bilder bei der Hand, um mir diesen Zustand, den er jetzt als Krankheit in sich fühlte, zu schildern. Mein Vater, sagte er, zeigte mir alle Erscheinungen des Lebens gleich von beiden Seiten, und bekanntlich hat ja auch jedes Endliche seine zwei Seiten. Nur ist es traurig, wenn man sie zusammen sieht, nicht die zweite erst, nachdem man sich an der ersten satt gesehen hat. Dadurch verliert Alles seine körperliche Wirklichkeit, seine Wichtigkeit für uns, Alles wird wie ein gläserner Würfel, den wir durchschauen, und was gläsern ist, dünkt uns gebrechlich. Und am Ende durchschauen wir uns selbst wie Glas und verlieren jenen heimlichen dunkeln Kern, der denn doch wohl der Keimpunkt unserer Persönlichkeit ist und immer neue Kräfte hervortreibt, wenn die alten aufgezehrt sind. Ach, Bester, ich habe einmal eine Sage gelesen von einem tiefen Brunnen, der unerschöpflich war, bis seinen Besitzer die Neugier trieb, mit einer Fackel seinen Grund ausspähen zu wollen. Von Stund an versiegte die Flut; denn die Nymphe zürnte, daß man sie in ihrer Heimlichkeit belauscht hatte. – Sehen Sie, es war mir oft, wenn ich mich abmühte, hinter mich selbst zu kommen, als thäte ich etwas eben so Zweckwidriges, wie ein Mensch, der Wasser, das man ihm in die Hand gießt, krampfhaft mit den Fingern festhalten will. Warum schließt er nicht ruhig seine Hand zu einer einfachen Höhlung zusammen?

Wenn Sie aber dieses Gefühl von dem Mißlichen Ihres Geschäftes selber hatten, warf ich ein, warum erlaubten Sie sich nicht, auch *das* als einen Theil Ihres Selbst zu erkennen und zu respectiren?

Weil es ein Gefühl war, dunkel und verstohlen, und der Geist sich gleich daran machte, es zu entlarven, um es als Feigheit, Schwäche, Unwürdigkeit zu verbannen. Ja wäre der Hochmuth nicht hinzugekommen, der es einesteils für sehr heroisch ausgab, sich bei lebendigem Leibe unverdrossen selbst zu zergliedern, und anderenteils mir zuraunte, daß ich auf diesem Wege gescheiter würde, als alle meine Altersgenossen! Sie haben mich noch in jenem Stadium gekannt, wo ich mich an diesem Uebermuth, an der Ueberlegenheit, die mir meine trostlose Durchsichtigkeit über euch gute Gesellen gab, immer wieder erquickte, wenn ich euch um die Fähigkeit beneidete, euer Leben zu genießen, in einer Kellnerin eine Göttin, in einem dürren Professor einen Plato und in eurem schmutzigen Flußwasser einen der Ströme des Paradieses zu sehen. Ganz heimlich zuweilen mühte ich mich ab, mich mit euch zu betäuben. Ich konnte zu keinem rechtschaffenen Rausch kommen; ja es schien, als steigere der Rausch meine scharfe Spürkraft für alles Nichtige, für alle Kehrseiten irdischer Dinge. Wie oft stimmte ich ein gutes altes Lied mit an, das mit so herzlich wenig Sinn und Verstand, und gerade deßhalb, euch allen zu Kopfe stieg! Kaum aber brachte ich's über die erste Strophe, so raunte mir mein Dämon ins Ohr: gestehe nur, daß du nicht glaubst, was du singst! und weg war alle fromme Andacht. Ich sah mich unter euch mit den Augen eines Dritten, der nüchtern seine Glossen macht und der ganzen Burschenherrlichkeit, die auf hohen Wogen dahin ging, weissagen mußte, daß sie über ein Kleines auf irgend einem philiströsen Sande auflaufen werde. Auch Manchem von euch mag dann und wann ein solches Bild aufgetaucht sein; aber ihr wäret klug genug, es vor euch selbst zu verläugnen, oder nur gerade darum desto hingebender das Glück der Stunde zu genießen, während ich es für meine Pflicht hielt, es mir ehrlich einzugestehn, sollte auch alles Glück darüber zum Teufel gehen.

Da machte er eine Pause und sah lange in den Fluß. Alles fließt, wie jener dunkle Heraklit sagt, fing er endlich wieder an. Aber wer in jedem Augenblicke den ewigen Fluß der Dinge rauschen hört, dem zerfließt die Welt. Nur ein Gott hält es aus. Ein Menschengehirn will feste Form, einseitige Beschränkung; denn man genießt das Endliche nur, wenn man es für ein Unendliches hält. Das ist ohne Bornirtheit nicht möglich, und dieses Wort, das die meisten Menschen für ein Schimpfwort halten, ist mir darum das heiligste. Glauben Sie nicht, daß ich die Reflexion verachte, obwohl sie mich krank gemacht hat. Ich weiß, was sie werth ist, im rechten Verhältniß zur Genußfähigkeit. Gerade so angenehm, wie es *mir* ist, mitten in der Nacht aufzuwachen, mich zu besinnen und zu wissen, ich kann noch weiterschlafen, gerade so herrlich denke ich es mir, aus den traumhaften Glückszuständen, die Andere mit Hingebung genießen, sich zu wecken, zu sammeln, zu reflectiren, und dann sich gleichsam auf die andere Seite zu legen und weiter zu genießen.

In dieser Weise sprach er noch viel, was ich vergessen habe und auch wenn ich es noch wüßte, hier unterdrücken würde, um dem Leser das Gefühl zu ersparen, das mich mehr und mehr in der Nähe des seltsamen Menschen überkam, ein Gefühl der peinlichsten Unruhe, das selbst stärker wurde, als das Mitleiden mit seinem offenbar kranken Zustande. Es war zuerst rührend, die Bekenntnisse dieses Heimwehs nach sich selbst zu hören; dann aber wurde es immer unheimlicher. Was uns Anderen das Leichteste scheint, sich gehen zu lassen, war ihm eine unerreichbare Aufgabe geworden. Je ehrlicher er danach rang, sich seiner Existenz zu versichern, desto mehr ward er vor sich selbst zu einer Täuschung. Ja es gab Momente, wo er selbst diesen seinen Zustand in Frage stellte und darüber erst recht im eigentlichsten Sinne aus der Haut fahren wollte.

Ich erfuhr dann weiter von ihm, daß er nach dem Tode des Vaters in F. seinen festen Wohnsitz genommen hatte. Ich kannte diese Stadt und wußte, daß dort eine geistig überreizte Natur mehr als irgendwo Gefahr läuft, in Vereinsamung sich vollends zu zerrütten. Denn alle vorübergehenden Verstimmungen und Verstörungen wuchern dort mächtig auf, weil die Gesellschaft nichts dazu thut, sie durch gesundere Zuflüsse vom Geiste abzuspülen. Mit Ausnahme sehr weniger Kreise ist dort die Bildung inselhaft vom deutschen Festlande abgetrennt und von einem Meere kaufmännischer Speculation umwogt. Auch Franz wurde hier noch mehr als je zuvor auf sein Inneres zurückgewiesen, das Aergste, was seiner Natur widerfahren konnte. Zuletzt hatte er sich entschlossen, das Geschäft seines Vaters selbst zu übernehmen und seine juristischen und historischen Studien ganz bei Seite zu lassen. Ich wußte von der Universität her, daß er umfassende Kenntnisse hatte. Aber von allen Arbeiten, die er anfing, brachte er keine zu Stande. Auch die festen Gestalten der Geschichte zerrannen ihm, um mit seinem Bilde zu reden, unter den Händen, gerade weil er sich bemühte, sie von allen Seiten festzuhalten. Es fehlte ihm auch hier die Einseitigkeit, die zu aller Productivität erforderlich ist. Dagegen schilderte er mir, wie er eine Art von Genügen am Rechnen finde. Die abstrakten Zahlen hätten etwas Beruhigendes für ihn; er wisse, eine Vier sei eben eine Vier, und weiter könne keine Dialektik der Welt ihr etwas ablocken. Seinen Zahlen gegenüber schlafe er wirklich; sie verlangten keine Selbsterkenntniß, sie hätten gar kein Verhältniß zu ihm, das er sich zerstören könne, indem er es zu ergründen suche.

Ueber diesem Gespräche war, ehe wir es dachten, die Mitternacht herangekommen. Lautlos lag die Stadt, und die Kühle stieg kräftiger vom Flusse zu uns auf.

Und was hatten Sie von Italien gehofft? fragte ich.

Auf morgen das! sagte er, indem er aufstand. Mein Geschwätz, das Ihnen schon Ihren halben Schlaf gekostet, möchte Sie sonst um den ganzen bringen, und schlafen – das ist Labsal, mein einziges.

Darauf fragte er mich, wo ich wohne, und als ich das Haus nannte, besann er sich, daß ihn ein römischer Freund an die edle Padrona adressirt habe, und freute sich, mein Nachbar werden zu können. Ich schwieg, denn die Nähe des Kranken war mir wenig erwünscht, und ihn zu heilen durfte ich nicht hoffen. Sogleich bemerkte er mein Verstummen und sagte: Reden wir nicht mehr davon! Es wäre heillos von mir, Sie hier zu belästigen, wo Sie so vergnügt zu sein scheinen, wie ein Fisch im Wasser. Sagen Sie auch ehrlich, ob Sie mich überhaupt lieber nicht wiedersähen, ich denke darum nicht schlechter von Ihnen und mir.

Auf diese treuherzigen Worte konnte ich nicht anders, als ihm versichern, daß mir seine Nachbarschaft lieb sein würde. Wir könnten ja auch im Uebrigen unsere Wege gehen.

Ja, sagte er, Sie haben Recht. Ueberdies, daß ich mich allzu sehr an Sie anschließe, ist schwerlich zu befürchten. Ich empfinde jetzt

17

einen Zug zu Ihnen, und es hat mir wohlgethan, Ihnen sagen zu können, was, wenn ich es mir immer allein vorerzähle, mir zuweilen das Hirn aus dem Schädel und das Herz aus dem Leibe heraus ängstigen will. Morgen werde ich es vielleicht für eine Narrheit halten, einem Fremden zur Last gefallen zu sein, und ich werde Sie zu vermeiden wünschen. Auf alle Fälle, auch wenn ich in Ihr Haus ziehe, haben Sie Vollmacht, sich Ihrer Haut zu wehren. Es werden ja Schlüssel in den Thüren stecken.

Vor der Thür seines Hotels gingen wir auseinander. – Ich lag schon lange in meinem Bett, und die Falten des Umhangs ließen keine Zanzare durchschlüpfen, die mir mit ihrem Gesumm zu Häupten den Schlaf abgewehrt hätte. Aber Franz' Worte umsummten mich schlimmer als ein Zanzarenschwarm, und der Morgenstern, der mich weckte, war nicht die Venus, sondern Stella, die Magd, die Wittwe des Grafenkochs, die von dem Gedanken geängstigt wurde, ich sei am Ende gar in den Himmel hinübergeschlummert und erzähle eben ihrem Seligen, daß sie die Hand Luigi's, des Kutschers, ausgeschlagen, aus Rücksichten für ihre Bildung.

*

Es kam, wie Franz gesagt hatte. Obwohl er ein Zimmer neben dem meinigen bezog, sahen wir wenig von einander, und die Zurückhaltung schien ihm nicht im Geringsten schwer zu fallen. Auch wenn wir uns begegneten, wo er denn harmlos mich begrüßte, als hätten wir nie tiefere Dinge mit einander zu theilen gehabt, lenkte er das Gespräch auf jenes erste Thema nicht wieder zurück. Nur aus zufälligen Reden entnahm ich, daß irgend ein Ereigniß seinen Zustand zu einer schweren Nervenkrankheit gesteigert habe, worauf ihn der Arzt nach Italien schickte. Als er mir das sagte, setzte er hinzu: Haben Sie einmal gesehen, wie man ein Flußbett corrigirt? Wenn man Erde und Steine Körbe voll nach und nach hineinschüttete, so würde der Strom nicht gehemmt, und Welle auf Welle bräche wieder durch. Man baut daher am Ufer einen festen Damm aus Pfählen, Weidicht und Tannenzweigen, mit Sand und Steinen ausgefüllt, den man auf Walzen in das Flußbett hineinstürzt. Daran stutzt der Fluß, staut zurück und bequemt sich zu einem Umwege. So dachte mein guter Doctor an Italien mir einen geschlossenen Damm in die wühlende Natur zu werfen. Die Wellen der Reflexion, die mir jede Hand voll festen Grund zernagten, sollten daran zurückprallen. Es komme Alles darauf an, sei es auch nur auf drei Wochen, die rastlose Dialektik zu unterbrechen, die den Instinct unterwühle und seiner Wurzel das Erdreich wegspüle. Geschähe das, so würde ich Vertrauen zu mir selbst wieder gewinnen, einsehen, daß es nicht an der Kraft zum Genießen fehle, sondern am Willen, nicht an den Organen, das Leben einzusaugen wie andere Menschen, ruhig athmend, wie man den Aether in sich einströmen läßt, sondern an der Dankbarkeit, die Natur machen zu lassen und hinzunehmen, was sie bietet. »O, eure Reben, die so blinkend sind!« Kraft und Willen! Eine Kraft muß *wollen*, oder sie ist keine Kraft. Wären sie bessere Psychologen, die Herren Aerzte! Der meinige zuckte die Achseln, als ich ihm bedeutete, daß Eindrücke, die ich nicht zernagen und zerfetzen kann, gar nicht auf mich wirken. Was massenweise mich überfällt, fließt an mir ab, wie Wasser am schuppigen Fisch, höchstens daß es mich beklemmt und verstimmt. So ist mir denn auch richtig in dieser Fülle der Kunst ein peinliches Gefühl treu geblieben, bis ich dagegen völlig abgestumpft war. Und was ihr Kunstsinn nennt, die Fähigkeit, alle Sinnen- und Seelenkräfte in einen Brennpunkt zu sammeln, bis der Kern eures Naturells in helle Flammen aufschlägt, das geht mir begreiflicher Weise völlig ab. Meine Sinne und mein Verstand führen einen getrennten Haushalt, Eins macht sich über das Andere lustig, und das Band zwischen ihnen ist zerrissen.

Es überraschte mich, wie klar er sich in einen Zustand hineindenken, wie richtig er ihn definiren konnte, der ihm doch fremd war. Das gab mir den Gedanken, daß es nicht so ganz schlimm um ihn stehen könne, wie er sagte, daß seine Natur nur gestört und geängstigt, nicht völlig untergraben sei. Er sprach nach dieser letzten Herzensergießung nicht wieder von sich. Doch hatte ich Gelegenheit, ihn zu beobachten, wenn ich ihn in Galerien oder Kirchen traf. Er pflegte die Räume langsam zu durchwandeln, den Blick zerstreut über die Wände gleiten zu lassen, am Schönsten vorüber. Dann blieb er wie zufällig vor irgend einem Bilde stehen, heftete die Augen unverwandt und lange darauf, wandte sich kopfschüttelnd, um zu gehen, trat noch einmal davor, und wenn er dann wirklich ging, sah man seinen Zügen die Ermüdung an, mit dem ehrlichsten Willen nichts erreicht zu haben, hungrig vom vollen Tische aufgestanden zu sein.

Beten kann ich nicht,
Ist gleich die Neigung dringend wie der Wille.
Die Worte fliegen auf, der Sinn hat keine Schwingen.

Das klang mir im Ohr, wenn ich ihn beobachtete, und das herzlichste Mitleiden schloß mich ihm an, so daß ich seine Gesellschaft jetzt eher suchte, als vermied.

So war es mir eines Abends aufrichtig lieb, daß er in mein Zimmer trat und mich fragte, ob wir die bevorstehende Illumination zusammen ansehen wollten. Es war die Vigilie des Sanct-Johannis-Tages, und da San Giovanni der Patron der Stadt ist, so standen große Dinge zu seinen Ehren bevor. Selbst Signora Eugenia, die sonst in ihrer litarischen Stille, vielleicht auch ihrer etwas schwerfälligen Körperlichkeit wegen, von öffentlichen Festen mit Geringschätzung sprach, legte Manzoni's Adelchi bei Seite, um uns zu sagen, daß die Fuochi zu sehen, besonders das Feuerwerk auf der Arnobrücke, für gebildete Menschen der Mühe werth sei. Stella's Achtung hätten wir nun vollends verscherzt, wenn wir daheim geblieben wären, wozu die Hitze meinen Freund Franz einen Augenblick bereden wollte. Es ist eine Magie! sagte sie einmal über das andere, und wären nicht gerade an demselben Tage in die beiden anderen Zimmer neben dem meinigen Fremde eingezogen, für die Verschiedenes besorgt werden mußte, so hätte Stella selbst es über das Herz gebracht, für diesen Abend die gelehrten Gespräche daranzugeben und sich am Feuerwerk zu erfreuen, »eine dumme Person, wie sie war.«

Wir kamen in die schwüle Dämmerung der Straße hinab, und sogleich ergriff uns das Gewoge, diesmal von keinem Gegenstrome gebrochen, und trug uns mit sich fort, dem Flusse zu. Es war gegen acht Uhr, und die Lämpchen, mit denen der Dom übersät war, glommen hurtig an allen Ecken und Enden auf. Das Baptisterium mit den herrlichen Thüren Ghiberti's lag dunkel gegenüber. Dann aber die Straße hinab Lämpchen und Lichter an allen Fenstern, die Läden schimmernd, die Menschen, die hinunter wallten, hell wie am Tage, lachende, gaffende, plaudernde und schweigsame Köpfe. Starr sahen die Bewohner der Loggia auf die helle Menge herab, mit dem Blick der Nachtvögel, die von Fackeln aufgeschreckt werden. Niemals war mir der Perseus melancholischer, die Judith grausamer, die Sabinerin hülfloser erschienen. Zu Füßen der letzteren war ein Tombola-Gerüst aufgeschlagen, von den Landleuten umdrängt. Dazwischen spielten die österreichischen Regimentsbanden, schwirrte das tausendfache halblaute Gespräch und jauchzten Kinderstimmen, wenn etwa ein Flammen-Tableau in besonderer Pracht sich hervortat.

Ich bemerkte, daß mein Freund weicher und heiterer gestimmt war, als sonst. Als wir auf den Lungarno hinaus kamen, stand er einige Minuten an ein Haus gelehnt still und überblickte das Schauspiel mit ruhigen Augen. In ununterbrochenen Reihen brannten die Lichter dichtgedrängt in den Häusern zu beiden Seiten der Quais und unten am Fluß, wenige Fuß über seinem Spiegel. Die drei Brücken, die sogenannte »alte« mit den Buden der Goldschmiede, die mittlere, die »zur Dreieinigkeit« heißt, und die fernste, auf der das Feuerwerk abgebrannt werden sollte, spannten sich dunkel über die Strombreite, nur an den Pfeilern von wehenden Flammenkränzen eingefaßt. An das Geländer des Quais vorgedrungen, sahen wir das Gewimmel an den Wassertreppen zu den Kähnen hinab und hörten die Warnrufe der Schiffer, das Schelten der Soldateska, dann und wann eine Opernmelodie von einem kräftigen Tenor in die Nachtluft hinausgesungen, von hundert Stimmen halblaut nachgesummt. Das Allerschönste aber war, in den Strom selber hinunter zu sehen, wo eine Unzahl von Gondeln, Nachen und Fahrzeugen aller Art, einige mit Lichtern, andere mit Fackeln, hie und da ein Boot mit einer einsamen Laterne erleuchtet auf und nieder glitten, mit Menschen aller Stände angefüllt, die von unten aus die Fuochi mit ansehen wollten. Zuweilen stieg ein voreiliger Schwärmer aus einem Kahne voll junger Burschen in die Höhe, oder ein Feuerrad schnurrte funkend auf, daß die vorüberfahrenden Gestalten, plötzlich roth überglüht, in mannigfachen Geberden des Staunens und Schreckens sichtbar wurden, während dem Aufschreien der Mädchen, wenn die Funken über sie nieder regneten, das Gelächter der Uebermüthigen antwortete.

Ohne zu wissen, wie und wohin wir fortgerissen waren, fanden wir uns endlich auf der mittleren Brücke, dicht ans Geländer gedrückt, so daß wir kein Glied zu regen vermochten. Doch hätten wir uns mit freier Wahl nicht glücklicher postiren können, als hier in den Mittelpunkt des ganzen Spectakels, wo uns die Aussicht auf die eigentliche Scene, die dritte Brücke, nur dann und wann durch einen breiten Frauenstrohhut versperrt wurde. Eine lustige Gesellschaft stand um uns her, Florentiner Bürger mit Weibern und Töchtern, die letzteren ein muthwilliges Völkchen, das seine Glossen über Alles machte, die langen Engländer, die unbequem mit ihren hohen Hüten vor ihnen aufragten, nicht schonte und mit allerlei Obst und Naschwerk die Ungeduld versüßte. Die enge Nähe machte die Fremdesten vertraut, und selbst ein stattlicher Prälat verschmähte nicht, sich dann und wann in die Scherze zu mischen, die hin und her flogen, den Funken des Feuerwerks vergleichbar.

Franz nahm keinen Theil daran. Ich verfolgte die Richtung seiner Augen, die sich nach der anderen Seite durch das Volk auf der Brücke durchbohrten. Sie hafteten dort auf zwei feinen Profilen von geschwisterlicher Aehnlichkeit und großer Jugend. Zwei runde Malerhüte verschatteten sie nicht sonderlich, da die Lichter von allen Seiten heranspielten. Es schienen Brüder zu sein, wohl gar Zwillinge, der eine dem andern nur ein wenig an Größe überlegen, beide Gesichter bartlos. Aber während der Größere sehr nachdenklich und zerstreut gegen den Nachthimmel schaute, wo der Mond

ruhig durchs Blau zog, waren die Züge des Andern ganz leidenschaftliche Hingabe an das Fest und die bunten Ufer, die Volks-
menge und jede neu auftauchende Erscheinung, und auch zu Franz
flog einmal ein rascher Blick des braunen Auges herüber, worauf es
schien, als färbe sich die Wange mit einer unwilligen Röthe über das
unverwandte Spähen des Fremden. Beide Brüder waren nicht im
Stande, über die Köpfe der Leute vor ihnen wegzusehen. Aber während der Eine sich oft auf den Zehen erhob und seine Ungeduld zu
erkennen gab, stand der Andere ruhig auf seinem Fleck und be-
gnügte sich, das von dem Feuerwerk zu betrachten, was über seinen
Volkshorizont aufstieg.

Mit dem Glockenschlag Neun schoß denn auch endlich die lang-
erwartete erste Rakete in die Höhe, die das Signal zum Anfang gab.
Sie wurde lebhaft applaudirt, und bald waren Aller Augen einzig
von den Feuerkünsten gefesselt, die in reichem Wechsel am Hinter-
gründe des reinen Firmaments sich entfalteten. Zugleich war man
auf dem Flusse nicht müßig, und in den Pausen zwischen den
Hauptereignissen tummelten sich Schwärmer, Frösche, Feuerräder
und der Himmel weiß welch andere Teufeleien mit Prasseln, Knat-
tern und Zischen zwischen den Gestirnen und dem Wasserspiegel
herum. Unsere Stella hatte ein wahres Wort gesprochen, es war ein
magischer Taumel, der sich über die Sinne warf. Die Florentiner
Jugend um uns her wurde zuletzt still und fast beklommen, und
nur ein unbewußtes Oi! Oi! begrüßte von Zeit zu Zeit eine pracht-
volle Feuergarbe, die unerwartet gen Himmel sprühte, oder einen
Trupp Leuchtkugeln, der Miene machte, geraden Wegs in den
Mond zu wandern. Franz hatte ich eine Weile über all dem leuch-
tenden Tumult vergessen und fuhr zusammen, als ich plötzlich
meinen Arm heftig gepreßt fühlte. Was ist? fragte ich. – Ihm wird
unwohl, sagte er hastig. – Wem? – Nun, dem Knaben dort. Kommen
Sie, kommen Sie!

Er drängte die neben ihm Stehenden gewaltsam bei Seite und
hielt mich am Arm, daß ich willenlos durch die enge Gasse, die er
sich bahnte, folgen mußte. Im Nu erreichten wir die Brüder. Der
Größere hielt mit allen Zeichen zärtlichster Bestürzung den Andern
unter den Armen fest und stützte dessen ohnmächtigem Haupt
seine Schulter unter. Der Hut war von dem krausen Haar herabge-
fallen, die Lippen blaß, die Augen fest geschlossen. Erst jetzt über-

raschte mich die fast weibliche Schönheit des jungen Menschen, durch die kalte Blässe noch auffallender. Es schien, daß der Bruder sich umsonst bemüht hatte, durch das dichtgepflanzte Volk sich Raum zu machen; wenigstens sah er ängstlich nach Hülfe umher, und die Nächststehenden zuckten die Achseln, während eine mitleidige alte Frau vergebens in ihren Taschen nach einer stärkenden Essenz herumsuchte. Platz! donnerte Franz unter die dichten Haufen. Ohne zu zaudern, ergriff er den einen Arm des Bewußtlosen, der Bruder den andern, und sie begannen die zähe Masse zu theilen. Ich arbeitete ihnen vor, so gut zwei Arme konnten. Der kurze Weg bis auf den Quai wollte kein Ende nehmen, denn der Knäuel war zu dicht geballt. Endlich jedoch hielten wir am Ausgang der Brücke, und zum Glück lief dicht daneben eine von einem Posten bewachte leere Wassertreppe hinunter an den Fluß. Nur hinab! herrschte Franz. Der Posten trat bei Seite, der Jüngling, sobald der feuchte Hauch sein Gesicht berührte und die schlaffen Glieder sich im freieren Raume fühlten, schlug die Augen auf, sah zärtlich den Bruder an und schloß sie aufs neue. Man mochte die Gruppe von unten bemerkt haben; ein Kahn, nur mit drei jungen Leuten bemannt, steuerte an den Fuß der Treppe, einer, die Fackel tragend, sprang auf die unterste Stufe und bot seine Dienste an. Sie werden uns sehr verpflichten, Signor, sagte der Bruder, in einem weichen, lispelnden Dialekt, der venetianisch klang, wenn Sie uns erlauben, den Erkrankten in Ihr Fahrzeug zu heben. Meinem Bruder ist von der Schwüle und dem Gedränge unwohl geworden; ich hoffe, er erholt sich rasch. Der Florentiner trat bei Seite und ließ die Beiden vorüber, die ihre schlanke Last auf dem mittleren Sitz des Nachens niederließen und zu beiden Seiten Platz nahmen. Der Fackelträger sprang nach, ich sah noch, wie der Kranke sich aufzurichten versuchte, dann glitt das Fahrzeug durch den Brückenbogen und verschwand thalabwärts.

Eine Stunde nach diesem kleinen Abenteuer kam ich erst nach Hause. Es war an der ganzen Sache nichts Besonderes gewesen, und doch lag sie mir noch im Kopfe, als ich jetzt die Treppe hinaufstieg. Die Thür von Signora Eugenia stand, wie gewöhnlich, der Kühle wegen offen, ihre Lampe mit dem grünen Schirm brannte, ich sah einen Mann neben dem Sopha sitzen. Als meine Schritte laut wurden, wandte sich derselbe, und das Licht bezeichnete den scharfen

Umriß von Franzens Gesicht, die stark ausgearbeitete Stirn, die männliche Nase, den eigenwillig geschlossenen Mund. Mich wunderte, ihn hier zu sehen; denn es war die Schlafenszeit der guten Frau und er ihr sonst nicht übermäßig zugethan. Obwohl er mich, den er erkennen mußte, nicht hereinrief, konnte ich der Neugier nicht widerstehen, einzutreten und nach dem Befinden unserer Wirthin zu fragen. Die Dame lag wieder zusammengerollt in ihrem Sophawinkel in ein Tuch gehüllt, das ihr Halbcostüm bemäntelte. Die beiden Seitenlocken waren aufgerollt und in zwei mächtigen Papilloten über der Stirn befestigt, daß das Männliche des Kopfes noch freier hervortrat. Im anderen Winkel des Sophas lag das Hündchen und schnarchte laut.

Ich ward mit der gewöhnlichen gnädigen Handbewegung empfangen und fragte, nach den ersten Höflichkeiten, ob der junge Mensch von der Brücke glücklich heimgekommen sei. Franz hatte nicht Zeit, zu antworten. Mit einer Lebhaftigkeit, die gegen ihr sonstiges Portament entschieden abstach, ergriff die Wirthin das Wort. Denken Sie sich, vor einer Viertelstunde etwa – ich wollte mich eben niederlegen – kommen sie alle drei nach Hause, der eine der Brüder mehr getragen, als gehend, und blaß, sagte Stella, blaß wie eine Braut des Himmels. Sie waren den ganzen Tag gereist und hatten kaum einen Bissen gegessen, ehe sie zu den Fuochi gingen. Nun hat er sich drüben niedergelegt, der Schöne, und sein Bruder will noch kommen, wenn er schläft, und sagen, wie es steht. Welche zarte Jugend, eine Blüthe von einem Menschen! Der Bruder sagt, es habe nichts auf sich, und doch war er so ängstlich mit ihm, wie mit einer Geliebten. Warum gingen sie auch unter das rohe Volk, anstatt, wie ich ihnen anbot, den Abend bei mir zu bleiben!

Franz saß bei diesen Worten mit seinem wehmütig ironischen Lächeln unbeweglich still und vertiefte seine Hände in die Taschen. Ihr seid in den Burschen verliebt, Signora Eugenia, sagte er endlich trocken. Ich weiß nicht, was Ihr an dem verzogenen, verzärtelten Muttersöhnchen Besonderes findet. Ich denke mir, er ist auf sein Bischen Larve nicht wenig eitel, und eine Dame von Eurer Bildung sollte mehr von jungen Leuten verlangen, als diese Stutzereigenschaften. Geht mir! Thatet Ihr nicht, als ich ihn nach Hause brachte, wie Venus, als man ihr den Adonis mit der Wunde im Schenkel heimtrug?

Himmlische Götter! rief die gute Dame, mit ihrer tiefen Stimme vor sich hin lachend, welch ein Aufwand von Mythologie, um einer armen Wittwe zu spotten!

Wißt Ihr, daß er Eurem Hündchen Aristodemo auf den Fuß trat, als es um ihn herum schnüffelte, und die arme Bestie winselte, ohne daß Ihr ein Ohr dafür hattet?

Chè! Chè! sagte die Wirthin und schob den grünen Lampenschirm sich mehr nach dem Gesicht, Ihr seid der erste boshafte Deutsche, der mir vorgekommen; wenn ich Kaiser von Oesterreich wäre, ich machte Euch zum Polizeiminister.

In diesem Augenblicke ging auf dem Corridor eine Thür. Es ist der Bruder, sagte die Wirthin.

Sie sind es beide, wie mir scheint, entgegnete Franz und streichelte nachlässig den schnarchenden Hund, daß er aufsah und zu murren begann.

Indem traten die Brüder bescheiden anklopfend in die Thür, beide in schwarzen Sammetkitteln, wie sie die Maler tragen, mit weiten Aermeln, rothseidene Halstücher umgeknüpft, zwei sehr saubere Gestalten. Der von ihnen, den die Ohnmacht angewandelt hatte, ging auf die Wirthin zu, dankte in schicklichen Worten für ihre sorgliche Güte und ergriff ihre Hand, die er respectvoll küßte, was sie fast in Verwirrung zu bringen schien. Der Andere hielt sich in Reden und Geberden etwas mehr zurück, schüttelte Franz die Hand, erkannte auch mich wieder und bedauerte, uns in dem Anschauen der Feuerkünste unterbrochen zu haben. Wir luden sie ein, sich zu uns zu setzen, und die Wirthin rief nach Wein und Früchten, woran sich der Lebhaftere, Carlo, ohne Umstände labte, während der nachdenkliche Leonardo sein Glas unberührt vor sich stehen ließ. Wir erfuhren bald, daß die jungen Leute nach Florenz gekommen waren, um auf der Malerakademie ihre Studien zu machen. Im Verlauf des Gespräches ergab sich's, daß sie die Söhne eines deutschen Malers waren, der vor kurzem in Venedig gestorben. Die Mutter hatten sie beide nicht mehr gekannt. Nun ging das Gespräch in buntem Wechsel von Deutsch und Italienisch seine munteren Wege, und obwohl es ziemlich allgemein war, fiel es mir doch auf, daß Franz seine Spöttereien fast immer an Carlo richtete, der ihm keine Antwort schuldig blieb. Die klaren Züge des knabenhaften

Gesichts hatten im Reden etwas überaus Reizendes, Sinniges, zuweilen Schalkhaftes, und seine Worte zeigten eine so frische Frühreife, so viel bescheidene Sicherheit, daß ich über das Alter des Jünglings nicht ins Reine kommen konnte. Leonardo, der jüngere, wie wir später erfuhren, sprach wenig, das Wenige verständig und gebildet. Er bemerkte es mit einer sichtlichen Freude, wie die glänzendere Erscheinung seines Bruders ihn etwas in Schatten stellte. Auch zeigte sich in dieser Nähe die Aehnlichkeit minder groß, obwohl sie immer noch auf den ersten Blick als Brüder zu erkennen waren. Während Leonardo im Wesen den Deutschen niemals verläugnete, schien eine südlichere Beweglichkeit dem Andern ins Blut gedrungen zu sein, besonders wenn er den Dialekt seiner Vaterstadt sprach, der übrigens den Ohren der Signora Eugenia ein Gräuel war. Es war lustig, wie sie ihn corrigirte und sich bei einzelnen provinciellen Wendungen auf die Autorität der Crusca berief. Dann lachte der Zurechtgewiesene herzlich und kniete zuletzt vor dem Sopha nieder, für alle begangenen und noch zu begehenden Sprachsünden feierlich um Absolution bittend. Die Dame zauste ihn in den kragen, kurzen Haaren, zupfte ihn am Ohr, das durch seine besondere Kleinheit auffiel, und sagte: Wenn Ihr uns in Florenz nur die Sprache verdreht und nicht auch den Weibern die Köpfe, so will ich Euch allezeit ein gnädiger Beichtiger sein.

Lachend sprang der junge Mensch auf, küßte wiederum der edlen Wittwe die Hand, und uns allen kurz eine gute Nacht wünschend verließ er mit seinem Bruder das Zimmer.

Auch wir empfahlen uns, und Franz folgte mir in mein Gemach. Er saß vor dem Marmortisch und trommelte mit den Fingern auf der kühlen Platte. Was Schlangenhaftes ist in dem Menschen, finden Sie nicht? fragte er nach einer Weile. Die Art, wie er mit der alten Närrin umgeht, mißfällt mir gründlich. Sie ist im Stande und verliert um diesen hübschen Windbeutel das letzte Bischen Verstand, das ihr die Zeitungen übrig gelassen haben. Der Stille, der Leonard, das ist ein ganz anderer Kopf und verdient wahrlich nicht, daß man ihn um seinen Bruder Leichtfuß übersieht.

Worin Sie es doch am weitesten von uns allen gebracht haben, schaltete ich ein.

Hören Sie nur, wie er im Nebenzimmer wieder schwatzt und schwadronirt! Da fängt er gar an zu singen! Gottlob, der Bruder scheint es ihm zu verbieten. Mich reut, daß ich in dieses Haus gezogen bin; es ist doch nicht zu vermeiden, daß der Bursch einem hier über den Weg läuft. Nun, es steht mir ja frei, auszuziehen oder abzureisen.

Ich wette, Sie waren nicht böse, als Sie erfuhren, daß der hübsche Windbeutel Ihr Hausgenosse sei.

Nein. Aber der Abend hat ihn mir völlig verleidet. Ich gestehe, er zog mich an, draußen auf der Brücke. Aber es geht mir immer so, ich werde von solchen Regungen immer zum Besten gehalten. Was ist er mehr, als ein hinlänglich eitler Junge mit einer behenden Art zu reden und sich zu benehmen! Er wird sein Lebtag kein rechter Mann, denken Sie an mich. Haben Sie bemerkt, wie er beim Lachen die Zähne zusammenbeißt? Das schien mir zuerst ganz allerliebst. Jetzt, wenn ich daran denke, könnte ich ihn darum hassen.

Warum?

Ich weiß nicht.

Und Sie suchen es auch nicht zu ergründen? Ich erkenne Sie nicht wieder, Franz, daß Sie sich erlauben, zu hassen, ohne sich Rechenschaft davon zu geben.

Er ward stutzig, stand auf, putzte das Licht, blätterte in Büchern und sagte endlich: Wir wollen schlafen, ich bin dieses Tages müde. Nebenan ist auch schon Alles still. Sehen Sie den schönen Mond! Von allem Gefunkel und Geflunker des Feuerwerks ist nichts übrig, Alles in Rauch und Asche verweht; das Gestirn da oben ist unvergänglich. – Gute Nacht! –

War das Franz, der mit diesem lyrischen Stoßseufzer von mir ging?

\*

Und war das Franz, den ich am andern Vormittag in eifrigem Gespräch mit den Venetianern durch die Uffizien wandeln sah? Derselbe Franz, der sonst wie ein Abwesender an allen Meisterwerken vorbeidämmerte, jetzt stand er geduldig in der Tribüne vor dem rafaelischen Julius II., in dem er früher nur einen bösen, schlauen, fatalen alten Herrn gesehen, und horchte auf Carlo's enthusiastische Reden über Kolorit, Zeichnung, Haltung und Costüm? Ich traute meinen Augen nicht. Endlich hörte ich, wie sie in einen Zank geriethen, der Jüngling im höchsten Unwillen ihn einen Blinden schalt, der nicht werth sei, daß ihn Rafaels Sonne bescheine, und sah Franz sich mit einem kurzen Hm! abwenden – ja wohl, das war Franz ohne Frage.

Ich schloß mich ihnen an und stiftete bald Frieden.

So ein gottverlassener Mensch, wie Sie sind, ist mir noch nicht vorgekommen! rief der Jüngling, zu Franz gewandt, mit komischem Zorn. Warten Sie, ich muß Sie in die Schule nehmen, von unten auf müssen Sie mir anfangen, beim Allermagersten und Ehrwürdigsten, was hier ist, beim byzantinischen ABC. Ist es denn wahr, daß Sie nicht aus dem Monde mitten in Florenz hineingefallen sind, daß Sie vorher in Rom waren? Lassen Sie sich sagen, daß Sie mich dauern. Ich will thun, was ich kann, aber Sie müssen mich machen lassen, hören Sie? Ihre abscheulichen Ketzereien mir nicht dazwischen werfen und fein anhören, was ich Ihnen sage, so verspreche ich Ihnen ...

Daß Sie mich mit der Zeit dahin bringen werden, vor diesen alten Farbenkrusten die Hände über dem Kopf zusammen zu schlagen gleich Ihnen. Nicht wahr?

Der Jüngling blitzte ihn heftig an. Sie wissen, daß Sie mich ärgern, darum reden Sie solches Zeug. Sie glauben selber nicht an Ihre Lästerungen, Sie haben nur die böse Freude, sich und Anderen den Spaß zu verderben. Das ist schlecht von Ihnen, und obwohl ich Sie erst seit gestern kenne, nehme ich mir doch die Freiheit, Ihnen das zu sagen.

Damit drehte er sich auf dem Absatz herum und ging weiter von Bild zu Bild, bald zum Bruder, bald zu mir sein Entzücken aussprechend, Franz folgte uns; ich bemerkte, daß er trotz seines spöttischen Zuges andächtig zuhörte, wobei er freilich mehr den Redenden, als die Dinge, von denen er sprach, im Auge hatte. Zuweilen konnte er es nicht lassen, ein paar Tropfen Wasser in die Glut zu spritzen. Carlo aber that, als gehöre er nicht zu uns und mische sich sehr unberufen ein. Als er vor einer Venus Titians nun seinerseits parodirend in Begeisterung gerieth, sah ihn Carlo ruhig eine Zeitlang an. Sie sind unglücklich, sagte er dann, ich habe das herzlichste Gefühl davon. – Franz brach augenblicklich ab; über eine Weile, als wir uns nach ihm umsahen, war er verschwunden.

Ich gab den Brüdern die nöthigsten Erklärungen über diesen befremdlichen Geist, denn es war mir drückend, daß sie ihn völlig verkennen und sich von ihm abwenden möchten. Beide zeigten lebendigen Antheil, Carlo wurde stiller; Leonardo sagte, daß jenseits der Alpen eine andere Menschenwelt beginnen müsse; wenigstens sei ihm auch sein Vater anders vorgekommen, als Alle um ihn her. Ich freute mich, daß beide Jünglinge sich begierig zeigten, Franz zu zerstreuen und ihn aus sich heraus zu locken. Für den Abend mußten wir leider darauf verzichten, ihn unter uns zu haben. Signora Eugenia hatte in besonderer Liebenswürdigkeit die Brüder aufgefordert, sie ins Theater zu begleiten, wo Silvio Pellico's Francesca von Rimini mit der Ristori als Francesca bevorstand. Als sie Franz davon gesagt, habe er heftig gescholten, daß die alte Närrin ihnen in solcher Hitze die frische Luft mißgönne, um sie in ein dumpfes Wachsfigurenkabinet zu sperren. Sie hatten ihn ausgelacht und weiter nicht davon gesprochen.

So fanden wir uns denn Abends im Parquet des Teatro Cocomero wieder zusammen, unsere Signora sichtlich geschmeichelt von dem Aufsehen, das sie in der Mitte der beiden Jünglinge auf ihre älteren Bekannten machte. Sogar ihr Hündchen Aristodemo, das sie sonst in einem großen Pompadour mitzunehmen pflegte, aus dem es mit verständiger Ruhe und gelegentlichem Naserümpfen hervorsehend das Spiel verfolgte, ohne gleich anderen unvernünftigen Creaturen an der Casse zurückgewiesen zu werden, selbst diese Perle aller gebildeten Quadrupeden war heute zu Hause geblieben. Die Dame hatte große Toilette gemacht und war sehr echauffirt. Sie saß auf ihrem gewöhnlichen Platze mitten unter dem Herrenpublikum und stellte einem und dem andern alten Freunde die Venetianer als ihre Hausgenossen vor. Carlo zog auch hier die Aufmerksamkeit auf sich, und ich mußte ihn im Stillen einer kleinen Koketterie schuldig

finden, mit der er seiner würdigen Nachbarin in aller Weise den
Hof machte. Zum ersten Male schien mir auch, als ob Leonardo von
der übermüthigen Laune des Bruders beunruhigt werde. Ich saß
neben dem Schweigsamen, und ein Zug geheimnißvoller Schwer-
muth auf seiner Stirn beschäftigte immer mehr meine Neugier. Als
der Vorhang aufging, wurden freilich alle Gedanken einzig auf das
Stück und die Darsteller gelenkt.

Ich hatte das in Italien sehr überschätzte Trauerspiel gelesen und
die opernmäßige Allgemeinheit der Charaktere, die Abdämpfung
des tief leidenschaftlichen Conflicts, die Zahmheit der Sprache mit
Unmuth empfunden. Nun aber ergänzten die Spieler, was die Natur
dem Dichter versagt hatte; es war, wie wenn sich in Adern von
Marmorbildern volles, klopfendes heißes Blut ergösse und die Steine bewegte. Wer ist nicht schon in den Fall gekommen, eine flache
italienische Opernarie durch eine leidenschaftliche Stimme zu un-
geahnter Macht vertieft zu hören. Aehnlich war es hier. Eine Gewit-
teratmosphäre schien über dem Proscenium zu schweben, jedes
Wort, jede Geberde mit verhaltenem Feuer zu tränken, und als die
herrliche Ristori die lange bekämpften Gefühle gegen Paolo in das
Eine Wort: Ich sterb' um dich! ausgoß und den geliebten Versagten
umfaßte, hätte es mich nicht gewundert, zwischen den beiden Gestalten, wie zwischen elektrischen Wolken, die sich umarmen, den
Blitz auflodern und die Soffiten in Brand stecken zu sehen.

Auch unter der Menge hatte es eingeschlagen, und ein Donner
des Beifalls folgte, der die Vorstellung lange Minuten unterbrach.
Zufällig sah ich während des Aufruhrs zur Seite; da stand Einer an
die Parterrewand gelehnt, eine kräftige hohe Gestalt, die Arme gekreuzt, den Hut auf dem Kopf, die Augen fest auf die Bank, wo wir
saßen, nein, auf Carlo allein gerichtet. War das derselbe Franz, der
sich in kein dumpfes Theater sperren lassen wollte? Und wenn er es
denn war, erkannte er sich genugsam selbst, um zu wissen, was ihn
hergezogen?

Die Anderen schienen seine Gegenwart nicht zu bemerken, mich
aber versenkte sie in ein wunderliches Grübeln, in welchem ich den
letzten, so viel schwächeren Acten des Stückes wenig Aufmerksamkeit schenkte. Es war offenbar, daß etwas in meinem Freunde gähr-
te, eine seltsame Krisis seiner Krankheit sich vorbereitete. Was war

es, das ihn an diesen jungen Menschen knüpfte, ihn zwang seinen Spuren nachzugehen, in seiner Nähe duldsamer, stiller und wie verwandelt zu werden? Er hatte es kein Hehl, daß ihn jeder Mensch, wie jedes Ding, nur so lange interessirte, bis er ihn »von zwei Seiten angesehen«, ihn durchschaut hatte, wie einen gläsernen Würfel. Dann pflegte er ihn wegzuwerfen, oder ihn mit höflicher Gleichgültigkeit fernerhin neben sich zu leiden. Daß er sich tiefer einließ und zu einer Freundschaft fortgerissen wurde, hatte ich nie erlebt. Und doch schien hier dergleichen im Werk zu sein, obwohl ich an dem kecken Jungen nicht mehr entdecken konnte, als ihm früher auf der Universität so und so viel begabte strebsame Kameraden hätten bieten können.

Am Ausgang aus dem Theater erwartete er unsere kleine Gesellschaft und ließ sich gutmütig von Carlo necken, daß er dennoch gekommen sei. Was wollen Sie, mein Junge! sagte er; Thorheiten stecken an. Aber eine Thorheit bleibt es bei alledem, sich in die Liebe zu verlieben, die ein Dritter liebt, und zumal es in solcher Hitze zu thun. Habt ihr nicht alle mit euren eigenen Leidenschaften genug zu thun? Müßt ihr noch euer Geld dafür ausgeben, euch von fremder Sehnsucht plagen zu lassen? Ich zwar, der ich nie verliebt war, kann an diesen Abgründen ruhig vorbeitraben, wie ein armer Esel, ohne schwindlig zu werden. Aber Sie, junge Strudelköpfe, und Ihr, edle Signora, – denn meinen Freund da nehme ich aus, weil er psychologische Studien damit verbindet – ihr solltet klüger sein und euch an den Trauerspielen genügen lassen, die ihr auf eigene Rechnung in Scene setzt.

Alle schalten eifrig oder lachend auf ihn ein, daß er ihnen den Nachgenuß verderben wolle, und unsere Freundin sprach viel und gut von den Wirkungen der Kunst, ja auch der nachdenkliche Leonardo schüttete ein volles, warmes Jugendgemüth über diesen Gegenstand aus. Franz ließ sie reden und lächelte in sich hinein. Auf einmal traf ihn eine hingeworfene Frage Carlo's: Und Sie sagen, Sie hätten nie geliebt?

Nie länger als zwei Stunden hinter einander, mein junger Freund, und das im besten, will sagen im schlimmsten Fall. Das Beste bei der Liebe thut in der Jugend der gute Wille, verliebt zu sein, es mitzumachen, wie Andere. Dazu war ich einem armen Ding von Mädchen gegenüber immer zu ehrlich. Aber auch wenn es scheint, als würden wir gar nicht gefragt, als müßten wir eben diesem oder jenem Gesicht anhangen, wir möchten wollen oder nicht, gehört doch eine gewisse Ausdauer dazu, bis man endlich bis über die Ohren festsitzt. Keiner ist gleich in der ersten Stunde unrettbar verloren, denn die Liebe ist nicht blind. Aber die Menschen verbinden sich selbst die Augen, um die Wege nicht zu sehen, auf denen sie sich retten könnten. Und warum das? Damit sie recht bequem mit der Menschenliebe sich ein- für allemal abfinden möchten, verlieben sie sich in ein einzelnes Geschöpf; die andere Menschheit kann dann der Teufel holen. Wer vor der Liebe flüchtet, der hat gewöhnlich nichts Eiligeres zu thun, als sich die Verliebtheit in eine einzelne Person anzugewöhnen.

Anzugewöhnen – welch ein garstiges Wort!

Das richtigste, Signor Carlo, wenn auch die Schwärmer mich dafür steinigen werden. Jeder, der anfängt sich zu verlieben, hat helle Intervalle, Rückfälle in seine frühere Gleichgültigkeit. Denn seine Geliebte mag ein so himmlisches Wesen sein, als sie irgend will, sie hat darum nicht minder ihre zwei Seiten, und auch die Kehrseite wird ihm zuweilen klar; dann aber redet sich der gute Junge eifrig aus, was er mit Augen gesehen hat, um nur erst recht in Zug mit der Passion zu kommen. Ach, es ist ein gar so trefflicher Vorwand, nichts zu denken, was doch den meisten Menschen das süßeste Vergnügen ist. Ich theile diesen Geschmack leider nicht. Ich sah immer, wie das Gefühl, wenn es in mir aufging, Ebbe und Fluth hatte, wuchs und fiel, und mußte mir ehrlich sagen: das ist eine endliche Wallung wie hundert andere, und du wirst eine Lüge sagen, wenn du ewige Treue schwörst. Auch Treue ist ja eine Gewohnheitssache. Wem das Leben, die Welt, sein eigenes Herz alle Tage neu erscheinen, wie kann er sich mit gutem Gewissen Dauer von seinen Gefühlen versprechen?

Er hatte das lebhaft, fast nur für sich gesprochen, deutsch, so daß die Signora, als er schwieg, Carlo um eine Verdollmetschung bat. Verlangt nicht, theuerste Freundin, rief der Jüngling, daß ich Euch diese schlimme deutsche Philosophie in die zärtliche Sprache Italiens übersetze, deren Worte mir auf der Zunge sich sträuben würden gegen diese Gotteslästerung. Ja, fuhr er gegen Franz gewendet fort, nichts Geringeres sind Eure Reden. Ich für mein Theil habe noch keine Erfahrungen, mit denen ich Euch widerlegen könnte. Aber schon das *Wort* Liebe überschauert mich, wie nichts Endliches kann, wie nur ewige Mächte vermögen. Fühltet Ihr Euch heute nicht wie in der Kirche, als Francesca alle Schranken durchbrach und sagte: Ich sterb' um Dich? Aber ich weiß wohl, Ihr habt überhaupt keine Andacht, Signor, Ihr kritisirt wohl gar den Sonnenuntergang oder den gestirnten Himmel.

Wenn das Andacht heißt, daß einem Sinne und Gedanken schwinden, so weiß ich allerdings nicht, was ich entbehre, wenn sie mir mangelt.

Sinne und Gedanken! das ist alles Stückwerk. Euren ganzen Menschen auf einmal würdet Ihr empfinden, wenn Ihr andächtig sein könntet. Aber ich bin ein Thor, daß ich auf Eure Reden antworte. Ihr seid doch wohl besser, als Ihr Euch macht, und wollt uns nur verwirren und aufbringen.

Ich wollte, Ihr hättet Recht, erwiederte Franz nach einer Weile. – So gingen wir, ohne des Weges zu achten, selbst die Signora trotz ihrer Schwerfälligkeit tapfer mit, bis wir uns an einem der Thore befanden. Mit bunten Lampen winkte von draußen ein Garten herüber, und der Entschluß war schnell gefaßt, dort den Rest des Abends im Freien zu verbringen.

Bald saßen wir alle in einer Laube um den steinernen Tisch; die Kühle that uns wohl, der Geruch der Nachtblumen zog durch die Zweige, über uns breitete sich die Pracht der Sterne aus, und eine glimmende Wolke von Leuchtkäfern setzte das Gefunkel auf der Erde fort, daß Himmel und Gesträuch fast ohne Grenze in einander zu verfließen schienen. Franz stürzte ein Glas über das andere hinab, und es gelang ihm wirklich, sich in eine Art Taumel hineinzutrinken, in dem ihm alle guten Stunden seines Lebens wieder aufgingen. Wenigstens erzählte er die heitersten Dinge aus seiner Vergangenheit. Es fiel mir auf, daß Carlo immer einsylbiger wurde. Als ich ihn endlich fragte, was ihm sei, sagte er ernsthaft: Morgen gehen wir zuerst auf die Akademie. Mir ist bange, wenn ich daran denke. Ich bin zum ersten Male unsicher in mir, ob mein Talent ausreichen wird. – Der Bruder drückte ihm die Hand unter dem Tische, so saßen sie eine Weile. Eugenia sah den Jüngling zärtlich an, das schien ihm seinen alten Uebermuth wiederzugeben. Er hob sein Glas und trank ihr zu; dann flocht er von den Ranken der Laube einen stattlichen Kranz und ruhte nicht, bis er ihn ihr aufgesetzt hatte. Gesteht es nur, daß Ihr ihn verdient, und wär's auch echter Lorbeer, rief er mit lustigem Pathos. Ich will meine rechte Hand ins Feuer legen, wenn Ihr nicht auf Eurer einsamen Klause zuweilen die höchsten Herrschaften, Ihre Majestäten die Musen empfangt. Ich habe ein Buch bei Euch liegen sehen, dem schon auf drei Schritte anzumerken war, daß geschriebene Verse darin standen.

Birbone! schalt die gute Dame, Ihr habt diebische Augen, man muß sich und das Seinige dreifach vor Euch verschließen.

Seht Ihr, wie Ihr roth werdet, theuerste Freundin? rief Carlo. Die Maske ist gefallen, Euer wahres Gesicht strahlt uns an. Nun aber lass' ich Euch keine Ruhe, bis Ihr uns einige von Euren Versen recitirt habt. Sträubt Euch nicht, wir lassen Euch nicht eher heim, wenn auch Aristodemo kein Auge zuthun sollte, bis Ihr ihm eine gute Nacht gewünscht habt. Und horch, wie bestellt fängt da unten auf der Straße eine Guitarre an zu klingen.

Eugenia sah vor sich nieder, faltete die Hände um ihr Glas und sprach nach einer Weile stiller Meditation folgenden Monolog Julia's vor dem verhängnißvollen Schlaftrunk:

> Hinab, hinab! schon harrt der finstre Kahn,
> Mich von des Lebens Ufern zu entführen.
> O Mutter, Deine Scheideblicke schnüren
> Mein Herz zusammen – dennoch sei's gethan!
> Was siehst du, Charon, mich so schaurig an?
> Nicht will ich deinen Grimm mit Seufzern schüren.
> Fahr zu! Doch eh' wir jenen Strand berühren,
> Wird mein geliebter Freund dem Flusse nahn.
> Er kommt, als lockt es ihn zu kühlem Bad,
> Du siehst ihn, und der Reiz der schönen Glieder
> Zieh dich zurück zum kaum durchmess'nen Pfad.
> Du winkst ihm freundlich in den Nachen nieder –
> Er scheint bereit – da spring' ich ans Gestad.
> Und Romeo und die Sonne küßt mich wieder!

Wir hörten dem Fluß der Worte zu, während dem die Guitarre, sich mehr und mehr entfernend, in sanften Accorden forttönte, bis endlich, wie verabredet, mit den letzten Versen der Saitenklang im Weiten verhallte.

Das war schön! das war wundervoll! sagte Carlo halblaut, als sie geendet hatte.

Ich hab' es in meiner Jugend gedichtet, sprach die gute Dame errötend. – Dann, nachdem wir ein wenig geschwiegen und gesonnen hatten, stand sie auf, zog sich ihr Tuch fester um die Schultern und begehrte heim. Seit zehn Jahren ist es das erste Mal, daß ich so in die Nacht hinein im Freien saß. Stella wird meinen, mir sei ein Unglück begegnet.

Kommt, sagte Carlo, gehen wir langsam nach Hause, Madonna Giulia! Gebt mir Euren Arm, und im Gehen, nicht wahr, erzählt Ihr mir noch mehr von der Zeit, die Ihr Eure Jugend nennt, obwohl Ihr wissen müßt, daß die Poeten ewig jung sind.

Beschützt mich vor diesem argen Menschen, ihr Herren! Er hat eine Art, zu fragen, daß man seiner Geheimnisse bei ihm nicht sicher ist. *Euren* Arm will ich, Signor Paolo!

So führte ich sie voran und ergötzte mich über die halb mütterliche, halb verschämte Art, wie sie auf dem ganzen Wege von nichts als von dem Jünglinge sprach. Wenn ich noch jung wäre, sagte sie ernsthaft, ich reiste morgen in aller Frühe weg, um vor diesen Augen geschützt zu sein.

Was hülf es aber, wenn er Euch nachgereist käme?

Der? Glaubt Ihr wirklich, daß er ein Herz hat?

Er hatte vielleicht noch vor kurzem eines, sagte ich, bis Ihr es ihm mit Euren Versen entwendet habt.

Ihr spottet, sprach sie halb lachend, Ihr seid auch nicht besser als die Andern. Wir wollen warten, bis die Drei herankommen; der Leonardo wenigstens ist ein gescheiter und höflicher Mensch, sonst taugt die ganze Gesellschaft Einer so wenig wie der Andere.

Ich wunderte mich, daß wir bei unserm Schlendern dennoch so lange zu warten hatten, bis Franz mit den Jünglingen nachkam. Ich hörte ihn von fern lebhaft reden, und sah, als sie endlich nahe kamen, daß Carlo den Kopf hängen ließ, und erhitzte Wangen hatte. Als man sich darauf im Hause trennte und Franz noch auf einen Augenblick bei mir eintrat, befragte ich ihn, was er dem jungen Mann so Heftiges gesagt habe.

Seinen Leichtsinn hab' ich ihm vorgeworfen, fuhr Franz auf, seine Spitzbübereien, mit denen er die arme, halbverrückte Person vollends zur Närrin macht. Gefällt es Ihnen denn, dieses Gethue, dieses Handküssen, und von ihrer Seite dieses Anschmachten und Erröthen?

Verstehen Sie denn nicht Spaß, Franz?

Spaß! Es ist mir gar nicht spaßhaft dabei zu Muthe. Der gute Kern, der in dem Jungen steckt, wird in den Grund verdorben durch diese faden Possen. Das hab' ich ihm gesagt.

Und was erwiederte er Ihnen?

Sie kennen ihn, seine ungezogene Art, sich mit einem Scherz aus der Affaire zu ziehen. Wenn ich wüßte, wie lustig ihm das sei, wenn sich die gute Dame wirklich in ihn verliebte, würde ich ihn nicht so ernsthaft zur Rede setzen. Das war denn auch dem Bruder zu toll, und er sagte ihm, er solle bedenken, was er spräche. Daß er noch nicht wirklich schlecht ist, sah ich dann wieder, als er betrübt neben mir her ging. Er dauerte mich, ich sagte ihm, daß ich ihn lieb hätte, und was ich an ihm hofmeistere, könnte ich fast beneiden, die ganze leichtblütige Kunst, in den Tag hinein zu leben. Noch nie sei ich von meinem Gegentheile so lange angezogen worden, wie von ihm, und wenn es ihm recht sei, wollten wir hier gute Freundschaft halten; ich fühlte, es müsse mir heilsam sein, mit so jungem Blute zusammen zu leben, und mehr dergleichen. Das hörte er an, ohne ein Wort zu erwiedern; aber wie er mir vorhin gute Nacht sagte, empfand ich, daß auch er trotz all meiner Schroffheiten und Unarten mir zugethan ist. Ihnen kann ich es gestehen, Bester, ich erkenne mich selbst nicht wieder seit gestern. Wie ein Bruder ist mir dieser Junge, oder wie ein eigenes Kind, über dessen Geschwätz man alle seine Sorgen vergessen mag. Ja, es ist lächerlich, wie ich mich vor mir selber fürchte, den Augenblick mit Schrecken erwarte, wo ich ihn näher kennen und auch mit ihm fertig sein werde. Darum fahre ich gleich so auf, wenn ich einen Fehler an ihm entdecke, und möchte den mit Stumpf und Stiel ausrotten, damit er mir nicht die Freude verderbe. – Welch ein schöner Tag war das heute, mein erster genossener in Italien! Wir müssen das öfter so machen, den Abend vor die Stadt zu gehen. Und dann lassen wir die Dichterin zu Hause.

Ich glaube gar, Sie sind eifersüchtig, Franz.

Meiner Treu', ich glaube es beinahe auch, sagte er in vollem Ernste. Dann lachte er, sah sich im Zimmer um und nahm einen Jasminzweig, den mir Carlo aus einem Garten, wo wir vorübergingen, abgebrochen, wie aus Zerstreuung in die Hand und dann mit in sein Zimmer. Ich that, als bemerke ich es nicht, und sah ihn noch am anderen Tage in Wasser gestellt an seinem Fenster.

*

Ein Theil meiner Zeit war in Florenz einigen würdigen Pergamenen gewidmet, die in der Lorenzbibliothek auf hohen Pulten in langen Reihen an der Kette liegen und auch wenn sie von ihrem bestimmten Platze losgelöst werden, das Kettchen überall mitschleppen. Dort in dem schönen, von Michel Angelo gebauten Bibliotheksaale verbrachte ich meine Vormittage, kühl, ruhig und in der besten Gesellschaft. Hatte ich dann meinen Gefangenen wieder ausgeliefert, so war ich gewiß, in einer der Gallerien Franz und die jungen Leute zu treffen. Leonardo, der, obwohl der Jüngere von Beiden, der Vorgeschrittnere war, hatte aus Venedig einige Bestellungen auf Copieen mitgebracht und schlug seine Staffelei zunächst vor einer Tafel Fiesole's in den Uffizien auf. Mich wunderte, als ich seine rasche, geübte Hand sah, daß er dennoch die Akademie mit dem Bruder in den Frühstunden besuchte, und zwar, wie ich aus einigen dort ausgeführten Blättern sah, die Gypsklasse. Nach dem lebenden Modell schienen sie noch nicht zu zeichnen. Man kann sich nicht genug üben, erwiederte er auf meine Frage, ob er diese Dinge nicht längst hinter sich habe. Es schien ihm unlieb, daß ich mich um sein Treiben bekümmerte.

Während er nun saß und fleißig an seinem Bilde malte, wandelte Franz mit dem älteren Bruder von Saal zu Saal und machte seinen Cursus aufmerksam durch. Nur selten tauchte der alte verneinende Geist wieder auf, und ein Drohen mit dem Finger bändigte ihn sogleich wieder. Die rätselhafte Herrschaft, die der knabenhafte Jüngling über den reifen Mann ausübte, wurde täglich fester, und täglich schien Franz sich williger darein zu fügen. Er gestand mir, daß er seinen Arzt segne, der ihn nach Italien geschickt habe. »Ich werde wie ein anderer Mensch heimkehren, und nur das ängstigt mich, daß dann diese ganze Zeit wie ein Traum hinter mir liegen wird und ich wachend mir eben so zur Last sein werde, wie bisher.«

Einmal, als wir in unserer Trattorie zusammen saßen, kam Franz mit dem Vorschlage heraus, die Brüder sollten ihn nach F. begleiten. Ihr werdet dort deutsche Kunst sehen und mehr lernen, als hier, sagte er eifrig. Oder, was noch besser wäre, Carlo, Ihr hängt die ganze Malerei an einen Florentiner Nagel und werdet mein Compagnon. Sagt Ihr nicht selbst, daß Euch immer mehr die Zweifel zusetzen, ob Ihr es zu was Rechtem bringen würdet? Ich sehe, daß Ihr vor dem Gedanken erschreckt, in einem Comptoir zu sitzen und

Briefe zu schreiben. O, ihr solltet es gut haben! Ich habe die schönste Bibliothek, die Ihr Euch denken könnt, Ihr würdet eine Welt vor Euch aufgehen sehen und auch mich wieder zu meinen alten Liebhabereien bringen. Dann und wann säßet Ihr ehrenhalber ein paar Stunden bei mir in meinem Cabinet, und wenn Euch die doppelte Buchhaltung langweilte, führten wir eine ganz neue Art derselben ein, nämlich Ihr hättet zum Schein ein Handlungsbuch vor Euch liegen und daneben ein anderes, in dem keine anderen Zahlen stünden, als die Seitenzahlen. Wollt Ihr?

Und Leonardo?

Der fände auch in F. genug zu malen, da er es denn doch einmal nicht mehr lassen kann, am Verfall der modernen Kunst mitzuarbeiten. Ueberlegt es Euch. Wenn Ihr Nein sagt, so mache ich am Ende den dummen Streich, hier in Florenz sitzen zu bleiben. Denn es ist eine wahre Schande, wie ich mich jetzt langweile, wenn ich mich ein paar Stunden ohne Euer Kunstgeschwätz behelfen soll.

Carlo antwortete nichts. Von Stund an aber ward er in sich gekehrter und schien sich absichtlich von Franz ferner zu halten. Er gab ihm keine Hand mehr und nahm nie seinen Arm. Oft mitten im lebendigsten Gespräch stockte er, verwirrte sich, wurde roth und schloß sich mehr an mich an, wenn wir spazieren gingen in der lachenden Gegend um die Stadt oder in Kirchen und Klöstern. Es schien etwas in ihm zu wühlen und zu arbeiten, womit er nicht ins Klare kommen konnte.

Auch der Signora Eugenia gegenüber hielt er sich zurück. Er gestand uns am Tage nach dem Theater mit lachender Verlegenheit, daß er aus der Akademie heimkehrend ein Sonett auf seinem Tisch gefunden habe, mit der Ueberschrift: »An Romeo«, ohne Namen des Autors. Franz schalt ihn heftig, was er schweigend hinnahm. Später waren wir einmal in die Zimmer der jungen Leute getreten, ihre Arbeiten anzusehen. Da stand eine Vase mit ausgesucht schönen Blumen auf dem Tisch. Woher sie kamen, wußten die Brüder nicht zu sagen, doch war es klar, daß sie für Romeo bestimmt waren. Franz wurde wild, und in der aufgebrachten Laune, in der er war, tadelte er rücksichtslos Carlo's Zeichnungen, die allerdings hinter denen des Bruders weit zurückstanden. Die Thränen traten dem guten Jungen in die Augen, und er trieb uns in hellem Zorn wieder hinaus. Ich weiß nicht, wie es kam, aber es war mir aufgefallen, daß die Brüder sich die Zimmer völlig geteilt hatten und jeder in dem seinigen sein Lager hatte. Ein wunderlicher Verdacht stieg in mir auf.

Einige Wochen aber waren vergangen ohne besondere Ereignisse, nur daß die Krisis in Franzens Krankheit ernstlich zu sein schien. Ja eine gewisse Leidenschaftlichkeit, mit der er Carlo's Zurückhaltung empfand, und eine seltsame Eifersucht gegen mich bestärkte mich in der Hoffnung, daß er aus dem unseligen Hang der Selbstzerstörung herausgerissen und des dunklen Grundes in seinem Wesen wieder theilhaftig geworden sei. Doch war er noch genug der Alte, um über dieses Verhältniß selbst zu reflectiren, sich mir gegenüber zu verspotten, daß er es nicht ertragen könne, wenn Carlo ihn bei irgend einer Gelegenheit übersah, und sich zugleich zu segnen, daß dieser unbedeutende junge Mensch es vermochte, ihn in völlige Selbstvergessenheit zu wiegen, ja ihn mit seinen eigenen unreifen Schwärmereien anzustecken. Der Schlingel könnte mich zu den Stillen im Lande bekehren! sagte er einmal. Wahrhaftig, ich mache Fortschritte in meinen Andachtsübungen, ich kann stundenlang in die Wolken starren, wenn er mir vorfabelt, welche herrlichen Formen und Farben dort bei einander stehn; ich kann sogar Gedichte, die er mir vorliest, anhören wie im Schlaf und den Mangel an Logik darin nicht von fern empfinden. Am Ende bin ich aus einer Krankheit in eine schlimmere gerathen. Denn was soll daraus werden, wenn der Leichtfuß sich einmal verliebt und mir davon läuft? Jetzt habe ich das Gefühl, ihm zu nützen, indem ich ihn hofmeistere. Aber wenn er sich von mir emancipirt – ich fühle, ich könnte ihn dafür hassen, wie ich ihn und Sie schon jetzt in die Hölle wünsche, wenn ihr so vertraut und halblaut mit einander redet.

Ich lächelte und hatte meine Gedanken dabei.

In solchen Gedanken kam ich eines Vormittags wider Gewohnheit nach Hause, da die Bibliothek, ich weiß nicht mehr, aus welchem Grunde, geschlossen blieb. Als ich auf dem Korridor an den Zimmern der Brüder vorbeiging, standen die Thüren offen, und ich erblickte Signora Eugenia, die auf Carlo's Sopha saß und einen Teller mit Früchten im Begriff war mit Blumen zu verzieren. Ich ging auf den Zehen vorüber, um sie in ihrem verstohlenen Liebeswerk nicht zu erschrecken, und betrat mein Zimmer. Die Thür nach Franzens Wohnung war den ganzen Tag über geöffnet, um dem Luftzuge einen Paß mehr zu gestatten. Er saß an seinem Tisch und schrieb, und da er mich nicht vermuten konnte, schrieb er bei meinen Schritten fort, denn er hielt mich für die Magd, die männlich genug aufzutreten pflegte. Es reizte mich, zu wissen, woran er so eifrig war; ich sah Bücher aufgeschlagen, die ich sonst nicht bei ihm gefunden, und trat endlich über die Schwelle. Da sah er um, und seine erste Bewegung war, die Blätter, an denen er schrieb, bei Seite zu schieben. Dann besann er sich schnell, stand lächelnd auf und sagte: Sie sehen, ich entsetze mich vor Ihnen, wie ein in flagranti ertappter Falschmünzer. Lachen Sie mich nur aus, aber dann kommen Sie und halten Sie mir still; zur Strafe für Ihre Heimtücke sollen Sie mir jetzt zuhören. Ich bin ohnedies so gut wie fertig. Können Sie rathen, um was es sich handelt? Sie erinnern sich jenes Bildes von Philipp II., das von Van Dyk gemalt ist. Vor etwa vierzehn Tagen stehe ich mit meinem kleinen Lehrmeister davor, und der Junge kramt aus seinem Schiller und Alfieri das unsinnigste Zeug über diesen Herrn und seinen sauberen Sohn Don Carlos aus, und als ich mir bescheidene Einwendungen erlaube, will er keine Raison annehmen und sagt mir ins Gesicht, daß die Geschichtschreiber grämliche alte Herren seien, und nur die Poeten wüßten, wie dem armen Carlos zu Muth gewesen. Die Galle lief mir über, als ich den Kleinen so trotzen hörte; ich kenne zufällig diese Geschichte genau, und gleich schoß mir's in den Kopf, das Wahre von der Sache einmal gründlich zu sagen, um dem Vorwitz eine Lection zu geben. Damit hab' ich nun ein Dutzend Vormittage verdorben; wie es gerathen ist, urteilen Sie selbst.

Er fing an zu lesen, und bald interessirte mich der lebhafte, warme Stil, um so mehr, als ich deutlich sah, wie Franzens gewöhnliche Ironie und Skepsis nach und nach das Feld räumte. Der Eingang war noch als hörte man ihn reden. Er wog Amt und Würde der Historie und Poesie mit sarkastischem Lächeln gegen einander ab, bekannte sich als einen Jünger der nackten Wahrheit, warf hin, daß die Wahrheit, obschon sie nackt sei, ihre Reize habe, und begann unmerklich mit sicheren Strichen die Gestalten zu umreißen. Mehr und mehr hob ihn seine Aufgabe, seine Worte wurden schärfer, sein Stil größer, das Bild jener Zeiten, mit grellen Lichtern und tiefen

Schatten, stieg gewaltig auf, und wenn die Wahrheit, die er gezeichnet, nackt war, so war sie es wie die Gestalten Michel Angelo's,
von deren stählernen Muskeln alles Gewand wie Zunder abgefallen
zu sein scheint. Es ergriff mich tief, ihn dabei anzusehen, die Hand
zitterte, die das Heft hielt, seine Stirne röthete sich, und die Stimme,
die sonst schneidend war, brach tief aus dem Busen hervor.

Er hatte kaum die letzten Zeilen gelesen und ruhte mit geschlossenen Augen im Sessel zurückgelehnt, als ein Schrei von außen die
Stille unterbrach. Wir hörten ein hastiges Rauschen und Schlurfen
über den Corridor, zugleich die beiden Jünglinge auf der Treppe;
die Thür von Signora Eugenia's Gemach ward eilig zugeschlagen,
die Venetianer gingen in ihre Zimmer, und es war wieder still. Ich
sagte, wie ich unsere gute Wirthin überrascht hatte, und wie sie
wahrscheinlich erst jetzt vor Carlo geflüchtet sei. Franz überhörte
Alles, er stand auf und durchmaß das Zimmer, betrat dann meines
und verweilte drinnen einen Augenblick. Was ist das? hörte ich ihn
plötzlich rufen. Sie sind aus der Akademie heim, früher als sonst,
drüben wird gesprochen, Leonardo's Stimme, dazwischen geweint
– was kann geschehen sein? Der sanfte, stille Leonardo, entsinnen
Sie sich eines solchen Tones von ihm? Er ist wie außer sich.

Wir horchten wieder und konnten kein Wort unterscheiden. Immer noch weinte es dazwischen, und wie sich der Weinende zuweilen unterbrach und dem Anderen zuredete oder ihn anzuflehen
schien, kam mir wiederum aus dem Ton, in dem dies alles geschah,
mein alter Verdacht. Ich sah, wie Franz auf der Folter war, und
wollte eben meine Vermutung gegen ihn aussprechen, als es drüben
still wurde. Einige Minuten vergingen. Franz warf sich auf mein
Sopha, wühlte in den Haaren und sah ins Leere vor sich hin. Da
öffnete sich die Thür, und Carlo trat ein.

Sein Gesicht war blaß, seine Augen verweint, und all jene Mun-
terkeit und Raschheit des Wesens war von ihm gewichen. Als er
Franz bei mir fand, schien er zu stutzen und sich zu bedenken.
Dann nahm er sich zusammen, schloß behutsam die Thür, wie er sie
unhörbar geöffnet hatte, und sagte: Verzeihung, daß ich ohne zu
klopfen einzutreten wage. Ich wünsche nicht, daß mein Bruder von
diesem Besuche weiß, ich habe einen Vorwand gebraucht, ihn zu
verlassen, denn er würde mir's nie verzeihen, wenn er erführe, daß

ich mich an Sie gewandt. Und doch – zu wem sonst kann ich meine Zuflucht nehmen?

Er lehnte den Platz neben Franz auf dem Sopha, den ich ihm anbot, ab und setzte sich uns gegenüber. Eine Weile schien er mit sich zu kämpfen, wie und wo er anfangen solle, dabei traten wieder helle Tropfen in seine Augen. – Was werden Sie denken, hub er an, daß Sie mich so weinen sehen! Wenn Sie es für weibisch halten, kann ich das nicht für eine Schande achten, denn wer will es mit seiner wahren Natur aufnehmen? Sie bezwingt mich, sie bricht endlich durch. Ich bin, was ich Ihnen erst in dieser Stunde scheine, ein Weib, ein armes, rathloses, schwaches Mädchen.

Ich fühlte, wie das Sopha, auf dem ich und Franz saßen, bei diesen Worten erzitterte. Ein scheuer Blick Carlo's glitt zu meinem Freunde hinüber; sein Gesicht war plötzlich erblaßt; dann stand er auf, trat ans Fenster, lehnte gegen die Jalousie und kreuzte die Arme über die Brust. Fahren Sie fort! sagte er gelassen.

Sie that es mit freierer Stimme, als habe das erste Bekenntniß ihr einen Stein vom Herzen gewälzt. In welchem Lichte muß ich Ihnen erscheinen, sagte sie, daß ich in dieser Verkleidung in die Welt hinaus gegangen bin! Wenn Sie zurückdenken, wie ungebunden und übermüthig ich oft genug war, müssen Sie da nicht glauben, ich sei eine Abenteurerin, die sich in solcher falschen Rolle wohlgefalle? Ach, wenn ich auf Augenblicke mich selbst vergaß, wenn es mich reizte, die Komödie recht gut zu spielen, Sie auf jede Weise in der Täuschung zu erhalten, und mir die Zärtlichkeit unserer guten Wirthin sehr lustig vorkam – in dieser bitteren Stunde büß' ich es hundertfach, was ich dadurch an meinem Geschlecht gesündigt habe.

Sie weinte von neuem. Ich suchte sie zu beruhigen und versicherte ihr, daß sie sich nicht das Mindeste vergeben, in nichts jemals die Sitte verletzt habe.

Sie reden umsonst, erwiederte sie. Ich habe es dennoch, durch jenen ersten Schritt über die Schranke. Ja, hätte ich ein großes Talent, das des Opfers werth wäre! Aber ich werde lebenslang eine Dilettantin bleiben. Sehen Sie, ich hatte bei meinem Vater viel gezeichnet und gemalt; er wollte was aus mir machen, denn ich war sein Augapfel. Als er nun nicht mehr war und sich meinem Bruder die Gelegenheit bot, hier einige Aufträge auszuführen, da kam mir der Einfall: wie, wenn du mitgingest und es ernstlich versuchtest, dich zur Künstlerin zu bilden? Sie wissen, wie schwer es ist für ein Frauenzimmer, wirklich, wie es nöthig ist, zu studieren, wenn sie nicht reich genug ist, sich zu einem guten Meister allein in die Schule zu geben. Es verlockte mich Alles zu dieser phantastischen Thorheit, meine Liebe zu Leonardo, mein Abscheu, allein bei unsern alten Verwandten in Venedig zurückzubleiben, und daß ich's nur gestehe, auch die Lust, einmal die Welt kennen zu lernen, wie sie sonst nur Männern zugänglich ist. Mein Bruder widersprach mir lange, aber wozu hätte ich ihn nicht überreden können, wenn es sich darum handelte, zusammen zu bleiben! Zuletzt gab der Grund den Ausschlag, daß dieses der kürzeste Weg sei, meine Kräfte wirklich zu prüfen, ob sie für ein Leben ausreichten. Wir wußten uns einen Paß zu verschaffen, in dem ich als Carlo aufgeführt war. Meine Haare schnitt ich ab, Niemand in Venedig erfuhr ein Wort von meinem Vorhaben, denn unsere Verwandten standen uns ziemlich fern, und Briefe wechselten wir nicht mit ihnen. So sind wir hieher gekommen, so ging ich auf die Akademie, und mein Bruder wurde endlich ruhiger über das Wagestück, da er sah, daß ich mich in meiner Rolle bald mit Leichtigkeit bewegte. Innerlich wurde sie mir freilich mit jedem Tage schwerer. Ich fühlte, daß mir die Ausdauer fehlte, ohne die kein wahrer Künstler gedeihen kann, daß ich mehr empfänglich war, als zum Schaffen begabt, und – läugne ich es nicht – auch Ihnen gegenüber schämte ich mich meiner Dreistigkeit und Keckheit, die mir meine Kleidung auferlegte. Sie kennen mich gar nicht, wie ich bin; ein Bischen Muthwille, darauf läuft meine ganze Ungebundenheit hinaus. Wie oft wünschte ich, daß Sie fortreisen möchten, damit ich nur vor Ihnen mich nicht zu verstellen brauchte! Und je freundlicher Sie zu uns wurden, um so mehr beklemmte mich's, daß Sie mir Ihre Freundschaft entziehen würden, wenn Sie wüßten, wie beständig ich Sie hinterging. Ich war sehr unglücklich und mußte es doch am sorgfältigsten vor meinem eigenen Bruder verbergen, um ihm zu aller Sorge nicht auch noch diese zu bereiten.

Mit unbeschreiblich rührendem, schüchternem Ausdrucke sah sie mich an und flüchtig zu Franz hinauf. Die reinste Kinderseele trat ihr ins Gesicht. Franz regte sich nicht, blickte fest zu Boden und preßte die Lippen zusammen.

Und was ist Ihnen heute begegnet, das Sie bewog, sich uns zu entdecken? fragte ich endlich.

Sie erröthete und schwieg eine Weile. Ich sehe es als einen Theil meiner Strafe an, sagte sie darauf, daß ich Ihnen auch das eröffnen muß. Wir gingen heute früh, wie gewöhnlich, in die Akademie. Schon früher hatte meinen Bruder der rohe Ton verdrossen, den einige Schüler anschlugen. Gewöhnlich aber ist der Professor während der ganzen Zeit zugegen, und wir wählten unsern Platz neben den feineren und wohlerzogeneren unter unsern Kameraden. Heute, nachdem der Lehrer seinen ersten Umgang von Bank zu Bank vollendet hatte, entfernte er sich und ließ uns bei der Arbeit allein. Sogleich machten sich jene Ungezogenen die Freiheit zu Nutze und fingen allerlei Reden an, die ich mich zu überhören bemühte. Ich sah in wachsender Angst, wie unruhig meinem Bruder das Blut zu Herzen stieg. Ich sprach leise und eifrig mit ihm und suchte ihn abzulenken. Umsonst. Ein Stück Kohle nach dem andern zerdrückte er mit bebenden Fingern, und sein Blick wurde immer fieberhafter. Endlich fing Einer an, eine Geschichte zu erzählen – wie sie allerdings für Mädchenohren nicht berechnet war. Ich will nach Hause gehen, flüsterte ich ihm zu; du sagst, mir sei unwohl geworden. Er hielt mich gewaltsam fest und sagte mit erstickter Stimme: du bleibst! ich muß ein für allemal ein Ende machen, wenn unseres Bleibens hinfort hier sein soll. Damit stand er auf und befahl jenem Menschen über die ganze Klasse weg, zu schweigen und uns mit seinen Geschichten zu verschonen. Ein allgemeiner Lärm antwortete ihm, von allen Seiten drangen Hohn- und Scheltreden auf uns ein; jener, der es angestiftet, trat dicht vor meinen Bruder hin und sagte, daß solche Schwächlinge, die hier Sittenprediger sein wollten, sich aus der Gesellschaft freier Künstler entfernen möchten, oder man werde ihnen die Wege weisen. Ob hier ein Nonnenkloster sei oder eine Akademie? Leonardo kam außer sich, er faßte den Frechen beim Arm und schüttelte ihn wie wüthend, bis sich die Anderen dazwischen warfen; er hätte ihn sonst gewürgt. Ich will dir zeigen, Unverschämter, rief er, daß ich meinen Mann stehe. Wir sprechen uns! – Da lachte Jener zähneknirschend, ballte die Faust und rief: ich treffe dich, sei überzeugt, und ehe du es denkst. Zittre vor meiner Rache; es war dir lange zugedacht, du österreichisches Milchgesicht, und nun ist dein Maß voll! – So, während sich mir das

Haar bei seinen Drohungen sträubte, gelang es mir endlich, meinen armen, völlig seiner unbewußten Bruder hinauszuziehen. Und nun, nun liegt er drüben wie im Fieber, von dem Vorfalle tief erschöpft, allen meinen Bitten und Warnungen taub, ohne Mitleid mit meiner Angst, und sagt, daß ihn der Schimpf rasend machen würde, wenn ich ihn hinderte, den Elenden niederzuschießen. Und das alles ist mein Werk, meine Schuld, mein ewiger Vorwurf!

Ich sah sie an, als sie geendet hatte. Sie war aufgesprungen, während sie erzählte, und stand nun uns abgewendet, ihre fassungslosen Thränen zu verbergen. Mein Auge suchte in Franzens Gesicht zu lesen. Er sah sehr ernst vor sich nieder, und die gekreuzten Arme hoben sich auf und ab über der arbeitenden Brust. Jetzt richtete er sich hoch auf.

Eine Kinderei ist's, sagte er trocken, und die düsterste Ironie überflog seine Lippen. Er ging nach seinem Hut, ohne einen von uns anzusehen, und verließ mit kurzem Kopfnicken das Zimmer.

Wohl sah ich, wie das große Auge des Mädchens mit tiefer Angst ihm folgte, bis die Thür hinter ihm zugefallen war. Ihre Thränen waren plötzlich gehemmt, ihre Aufregung wie auf Einen Schlag gelähmt, und all ihre Gedanken schienen den Schritten nachzueilen, die draußen über den Flur erschallten. Signora Eugenia's Thür hörten wir gehen – eine kurze Stille – dann wieder Franzens Schritte, neben dem Rauschen eines Frauenkleides, und Beides verklang und verrauschte die Treppe hinab.

Ich war ans Fenster getreten und sah unten auf der Straße Franz mit unserer Wirthin sich entfernen. Die Stunde war für einen Ausgang der guten Dame so ungewöhnlich, daß ich mich nicht wenig verwunderte und mir lange den Kopf zerbrach, wohin sie gehen möchten. Auf jeden Fall handelte sich's um die Auflösung des ärgerlichen Knotens, den die Geschwister geschürzt hatten, und ich kannte meinen Freund hinlänglich, um die Sache bei ihm in den besten Händen zu wissen.

Das sagte ich der schönen Traurigen, aber es fand wenig Eingang bei ihr. Kaum schien sie es zu hören. Denn mit regungslosen Augen stand sie mir gegenüber, und statt aller Antwort sagte sie nur: Er verachtet mich, ich weiß es! – Es war umsonst, sie davon abbringen zu wollen.

Während ich noch im tiefsten Mitgefühl Alles, was ich nur an beruhigenden Worten fand, an sie hinredete, stürmte der Bruder herein. Der Schmerz hatte ihn ganz verwandelt; der sonst so stille, schlichte und gehaltene Jüngling war in Wort und Geberde maßlos, Haar und Anzug verwildert, die Augen unstät und geröthet.

Du hast uns verraten! rief er, hastig an die Schwester herantretend. Sage es, nur *das* sage, alles Uebrige kannst du sparen! – O, recht so! fuhr er fort, als sie mit einem Nicken antwortete, ohne aus ihrem eigenen Kummer aufzusehen, so werden wir noch lächerlicher werden, da wir nur unglücklich waren, ein Stadtgespräch, Zeitungsfiguren, auf die man mit Fingern weist. War dir's nicht genug, einen Todten oder einen Mörder zum Bruder zu haben? Muß die Welt wissen, *warum* er Eins oder das Andere ward? Aber du hast falsch gerechnet, indem du das Mitleiden Fremder zu Hülfe riefst. Niemand soll mich hindern, was ich wie ein Knabe angefangen, wie ein Mann durchzuführen. Ich danke Ihnen im Voraus, mein Herr, für allen guten Rath, den ich Ihnen an den Lippen absehe. Geben Sie sich keine Mühe. Ich weiß, was ich meinem Vater im Grabe schuldig bin. Aber hüten Sie sich wohl, von dem Vertrauen Gebrauch zu machen, das diesem schwachen Mädchen die Verwirrung ihrer Angst ablockte! Wenn Sie sich anmaßen, meine Schritte zu hemmen oder gar die Einmischung der Obrigkeit herbeizuführen, bei Gott im Himmel, ich würde nicht ruhen, ehe auch wir einen Gang mit einander gemacht hätten. Und nun komm hinweg, Carlotta! Nicht zum zweitenmal sollst du mich betrügen, nicht noch einmal deine Ehre, die auch die meinige ist – –

Sie sprechen im Fieber, Leonardo! unterbrach ich ihn. Mischen Sie nicht den Begriff der Ehre hier ein, und schämen Sie sich, daß ich, den Sie einen Fremden nennen, Ihre Schwester gegen Sie verteidigen muß. Wie? Sie wagen, mit ihr zu rechten, weil sie der Wahrheit die Ehre gab, die allein der Quell aller echten Ehre ist? weil sie uns in ein Vertrauen zog, dessen wir uns durch unsere herzliche Freundschaft für Sie beide doch wohl werth gemacht haben?

Reden Sie nur, stürmte er dazwischen, o reden Sie nur und erbittern Sie mich immer mehr! Also auch Ihr Freund war zugegen, als die Schwester sich und ihren Bruder verrieth? Vortrefflich! Ich sehe den Spott auf seinen Lippen und das Achselzucken und die kalte

Miene des Weltweisen! Aber das ist das Wenigste. Was am bittersten schmerzt, ist die Ueberzeugung, die ich gewinne, daß ich ihr nichts gelte, daß sie, um die ich Alles zu thun und zu dulden Muth habe, mich so gering schätzt, jedes Vertrauen auf mich wegzuwerfen und zu Fremden zu flüchten. Bin ich allein nicht Manns genug, diese Sache zu Ende zu bringen? Bin ich ein Kind, daß meine Schwester mir Vormünder bestellt? ein Wahnsinniger, für den Aerzte geholt werden müssen? Und wo ist Ihr Freund? Warum findet er sich nicht ein, daß ich ihm, wie Ihnen, für seinen guten Willen danken und mir jede Einmischung in meine Angelegenheiten verbitten kann.

Er ist fortgegangen, Leonardo, sagte ich ruhig. Seien Sie überzeugt, daß ihm Ihre Sache, und was Sie Ihre Ehre nennen, heilig ist, wie seine eigene. Sie sind kein Kind, kein Kranker. Aber in der Leidenschaft Ihrer Sorge um Ihre Schwester übersehen Sie, wie mir scheint, daß Sie, wenn Sie Carlotta nicht unglücklich machen wollen, auch für sich zu sorgen haben. Sie wollen ihr den Vater ersetzen und tragen kein Bedenken, sie des Bruders zu berauben.

Er stutzte und sah mich an. Gleichviel! erwiderte er nach kurzer Pause. Wenn mir denn ein Unglück zustoßen sollte, und ich hätte eine Schwester zurückgelassen, wie ich mir die meine dachte, muthig, mit fester Seele und klarem Geist, so würde ich mein Schicksal getrost erfüllen. Ich sehe nun freilich, daß sie viel Schutzes bedarf, da ihr der meine nicht einmal genügt, und diese Erkenntniß wäre fast im Stande, eine Memme aus mir zu machen.

Damit warf er sich auf einen Stuhl und brütete verzweifelt vor sich nieder. Während des ganzen Gesprächs hatte die Schwester kein Zeichen des Antheils gegeben, und erst jetzt schien sich ihre Versteinerung zu lösen. Ein tiefschmerzlicher Blick fiel auf den geliebten Jüngling; sie trat leise neben ihn hin und ließ ihre Hände auf seiner Schulter ruhen. Leonardo, sagte sie, laß uns fortreisen, nach Hause, heute noch! Wir haben uns geirrt, es steckt keine Künstlerin in mir, ich verdiene kein Opfer, das geringste nicht, denn ich bin nichts, kann nichts, und was ich war, ein einfaches Mädchen und deine Schwester – ich will Gott danken, wenn ich es wieder bin und bleiben darf. Was hält uns hier? Deine Bestellung ist vollendet, auf der Akademie verlorst du nur die Stunden um meinetwillen.

Laß uns nach Venedig zurück und diese Kleider verbrennen, die mich jetzt in den Boden drücken wollen, als wären sie von Blei.

Nein! rief er aus und sprang plötzlich wieder auf, ich weiche nicht vor einer erbärmlichen Drohung, ich will das Gelächter dieser Bursche nicht in meinem Rücken lassen; einmal für allemal will ich zeigen, mit wem sie es zu thun haben. Sei ruhig, Carlotta, ich kenne diesen Menschen; er ist so feige, wie er neidisch ist. Hatte er Ehre und Muth genug, meine Herausforderung anzunehmen? Leere Drohungen waren seine Antwort. Was denkst du nur? So wohlfeil kauft man denn doch die Dolchstiche nicht in Florenz. Und was kann er thun? Eine nichtswürdige Verläumdung gegen mich zusammenblasen, das ist Alles. Das, denke ich, kann ich mit ansehen. Ich weiß, daß er mich haßt; wir sind von gleichem Alter, und er sieht mich doch in der Galerie malen und pfuscht selber noch an seinen Gypsen herum. Es that ihm wohl, was er lange hatte hinunterschlucken müssen, heute in einem Schwall gegen mich auszuschütten. Der Erbärmliche! Aber er wagt nichts, ich kenne ihn, sei überzeugt, Schwester. Ich gehe morgen wieder in die Klasse, als wäre nichts geschehen, und warte es ab. Und inzwischen bedenke dich, was du thun willst, und nun – nicht wahr? – du vergiebst? ich war außer mir und redete irre und habe dir weh gethan.

Sie fiel ihm um den Hals und konnte nichts sagen: heftig weinend hing sie in seinem Arm, und er ahnte nicht, wie ich, um was sie weinte. Ich sah, daß er ruhiger ward, da er sie zu beruhigen hatte. Schon lächelte er wieder, und indem er zärtlich das krause Haar der Schwester streichelte, sah er zu mir hinüber und sagte: Sie werden es hinlänglich bereuen, sich mit so lästigen Menschheit, wie wir beide, jemals eingelassen zu haben. Wenn diese Kleine hier nicht ganz den Kopf verloren hätte, so wäre Ihr Zimmer nicht der Schauplatz ihrer Thränen und meiner Raserei geworden. Aber wir hoffen, daß Sie, was Sie dem Bruder übel nehmen möchten, der Schwester zu Gute halten werden.

Während ich herzlich seine dargebotene Hand drückte und das schöne Mädchen, sich aufrichtend, mit fremden Augen, noch immer in ihren heimlichen Gram vertieft zwischen uns stand, fuhr ein Wagen am Hause vor. Sie schrak zusammen und wagte nicht sich umzuwenden, als bald darauf sich die Thür unseres Zimmers öffnete. Aber nicht Franz trat herein, nur unsere Wirthin, Signora Eugenia.

Wo ist sie? war ihr erstes Wort. Wo ist der böse Schelm von einem Mädchen, die Hexe, der Irrwisch? Nicht um ihr eine Hand zu geben, behüte! Nur um mich vor ihr zu bekreuzigen und dann basta! Ist es erhört, vor unseren offenen Augen, wochenlang –? Aber nein, hernach will ich schelten und zürnen, jetzt vor Allem sagen, wie die Dinge stehen: nicht gut und doch nicht zum ärgsten, und jedenfalls besser, als diese böse kleine Person verdient für all ihre Teufeleien. O! welche Hitze draußen und das alles leid' ich um die schlimme Spitzbübin da, die ladra, die birba!

Es war hochkomisch, wie die gute Dame mit einem brillanten Theaterblick an Carlotta vorbeirauschte und sich in voller Majestät auf das Sopha niederließ. Sie bemühte sich, das Mädchen völlig zu übersehen, das ihr in der Maske so viel zu schaffen gemacht hatte. Aber ihre natürliche Gutmütigkeit ließ sie rasch aus der Rolle fallen. Es entging ihr nicht, wie tief niedergeschlagen Carlotta zwischen uns stand. Alsbald sprang sie auf, ergriff ihre beiden Hände und sagte: Kind, Kind, die Augen auf und das Kinn in die Höhe und munter, liebes Herz! Was ist denn? Da hast du einen Schlag – und da einen Kuß – und nun sind wir gute Freunde, du Nichtsnutzige, und bessere als vorher, nicht wahr? Komm, da setz dich neben mich und höre, was geschehen ist. Ihr tragt nun freilich den Schaden, Signor Leonardo, aber besser Euer Werk, als Euer junger Leib. Seht, ich lag drüben und las gerade meinen Monti, den ich liebe, obwohl er kein Mann war, – und sie warf einen komischen Seitenblick auf Carlotta; da bricht Signor Francesco in meine Musenstille ein, wie ein Lavastrom in ein stilles Dorf am Sonntag. – Steht auf, sagt er, und werft ein Tuch um Eure Alabasterschultern – der gottlose Spötter! – und stülpt ein Strohdach über. Ihr sollt mit mir gehen. – Es ist eigen, man kann sich gegen ihn nicht wehren. Seine Tyrannei ist so kurz angebunden, daß kein Widerspruch zu Athem kommen kann. Ehe ich weiß, wie mir geschieht, bin ich unten auf der Straße und frage nun erst: wohin? – Der Director der Akademie, sagt er, geht bei Euch ein und aus. Ihr sollt zu ihm und eine dumme Geschichte ins Reine bringen, welche die Venetianer angestiftet haben. Wo wohnt der Herr? Ich nenne die Straße, er ohne Weiteres winkt einen Wagen herbei, und im Fahren erzählt er mir das Uebrige. Ich schalt auf Euch, Kind, daß Ihr auch uns angeführt habt; ich will's nur gestehen, ich war Euch ernsthaft böse, ich meinte, ich könnte nie wieder ein gutes Wort an Euch wenden. Wie er's ansah, wurde mir nicht klar. Es ist schade! sagte er mit seinem bösen, spöttischen Lächeln. Und nun hielten wir, und er versprach, mit dem Wagen unten auf mich zu warten. Kein Wort von Eurer Verkleidung – das hatten wir ausgemacht. Ich sollte sagen, daß Ihr austreten würdet, und dann nach dem schlimmen Burschen fragen, der mit Eurem Bruder an einander gerieth. Was Signor Francesco mit ihm vorzunehmen gedachte, weiß ich nicht. Nun denkt, wen finde ich bei meinem edlen Freund, dem Director? Einen Sbirren, der ihm so eben eine saubere Anzeige gemacht hatte. Gleich nachdem Ihr aus der Classe fort waret, Leonardo, warf auch Jener, mit dem Ihr den Streit gehabt, sein Zeichenbrett in den Winkel und verließ, ohne ein Wort zu sagen, den Saal. Er ging schnurstracks nach den Uffizien in die lange Galerie, wo Ihr zu malen pflegt. Ist's nicht eine Copie nach Fra Angelico? Nun wohl! Er tritt vor Eure Staffelei, als wär' es seine Arbeit, und macht sich da zu schaffen. Es war gerade menschenleer, nur die lange Reihe der Copisten saß auf ihrem Posten, Staffelei hinter Staffelei, die tiefe Fensterflucht hinunter. Plötzlich hört eine Dame, eine Engländerin, die hinter Eurem Platze malt, einen seltsamen Ton auf Eurer Leinwand und blickt um, über ihren Rahmen weg. Da steht sie den elenden Menschen in aller Ruhe pian piano damit beschäftigt, mit einem Federmesser die Leinwand quer durchzuschneiden. Eben setzt er schon wieder an, um das Werk noch gründlicher zu zerfetzen, der Wicht, da fühlt er die Hand der herzhaften Dame an seinem Arm, augenblicklich wird ein Lärm um die Beiden, und als mir mein Freund, der Director, die arge Neuigkeit erzählte, saß Euer ruchloser Kamerad schon eine halbe Stunde in sicherem Verwahr und erwartete sein Verhängniß.

Unser aller Augen hefteten sich, während sie sprach, auf Leonardo. Aber der Ausbruch gerechten Aergers und Grimmes, den wir fürchteten, unterblieb. Es ist gut, sagte er mit einem stillen Gesicht, ich habe die Zeit nicht verloren, die mir die Arbeit gekostet hat.

Tobt Euch aus, Lieber! sagte die Signora und schüttelte ihre beiden Seitenlocken. Das ist nicht in der Natur, dergleichen zu verschlucken, wie ein Glas Limonade.

Was wollt Ihr? versetzte der Jüngling und sah zärtlich zu seiner Schwester hinüber. Es ist doch wohl das bischen Farbe und Leinwand werth, den armen Hasenfuß dort beruhigt zu sehen.

O Leonardo, sagte das Mädchen, soll ich ruhig sein, jemals ruhig werden? Zu allem Unheil, das ich dir gebracht, noch dieses? Und meinst du, daß es seine Tücke nicht doppelt stachelt, wenn er jetzt um deinetwillen gestraft wird? Und wenn er den ersten Fuß wieder aus dem Gefängniß setzt ...

Ihr könnt ruhig schlafen, carina mia! er wird nicht mehr dieselbe Luft mit Eurem Bruder athmen, sagte Eugenia. Sie werden ihn über die Grenze schaffen, wie mein Freund, der Director, mir versicherte. Denn er ist aus Bologna, und da er in der Akademie nicht bleiben darf, hat er in Florenz nichts mehr zu suchen. Signor Francesco, als ich ihn unten am Wagen wiederfand, sagte auch: Der hat sich uns selbst vom Halse geschafft. Ich sollte Euch grüßen und trösten, trug er mir auf. Dann hob er mich in den Wagen und – wart! bald hätt' ich es vergessen! Da ist ein Bettel an Euch, Signor Paolo, den er inzwischen geschrieben hatte, für mich so gut wie versiegelt, denn es ist Deutsch.

Befremdet nahm ich das Blatt und las folgende Worte:

»Lieber Freund!

»Die Komödie ist wieder einmal aus, und es wird Zeit, nach Hause zu gehen und von dem Vergnügen auszuschlafen, so gut es gelingen will. Danken Sie allen Mitspielern. Jeder hat seine Sache gut gemacht, und es war recht hübsch. Schade, daß es so kurz war!

»Ich wage es, Sie zu bitten, meine wenigen Siebensachen in meinen Koffer zu packen und selbigen nach Livorno per Post mir nachzuschicken. Ich denke vorher noch eine kleine Fußreise zu machen. Nehmen Sie im Voraus herzlichen Dank für Ihre Bemühung.

Ihr *Franz.*

»N.S. Meine Schulden im Hause bezahlen Sie doch. Sie finden Geld in meinem Schrank. Den Schlüssel schick' ich mit. Es ist immer gut...«

Die letzten Worte waren ausgestrichen, die Zeilen hastig und offenbar mit aufgeregter Hand hingeschrieben, denn die Bleistiftstriche hatten sich hie und da durch das Blatt durchgestampft. Ich starrte eine Weile darauf und suchte mich zu sammeln. Als ich aufblickte und der tiefen Angst in den Zügen des Mädchens gewahr wurde, versagte mir das Wort auf der Zunge.

Und hier ist der Schlüssel zu seinem Schrank! sagte Eugenia, und nun verratet, was Euer Freund für heimliche Dinge in dieser gottlosen Handschrift zu melden hat.

Er ist abgereist, sagte ich. Ein Brief, der ihm von einem Bekannten eingehändigt wurde, als er auf der Gasse mit dem Wagen wartete, macht seine schleunige Rückkehr nach Deutschland nöthig. Er schickt Allen im Haus sein herzliches Lebewohl.

Das log ich auf eigene Rechnung hinzu, denn ich sah eine tödtliche Blässe auf Carlotta's Wangen. Niemand sagte ein Wort. Aber auch Eugenia bemerkte den seltsamen, heftigen Eindruck, den der Brief auf ihren Liebling gemacht hatte, und ihre beiden schwarzen Locken pendelten gravitätisch nachdenklich hin und her. Es ist immer eine Verlegenheit für eine Nothlüge, wenn sie das letzte Wort behält. Die meinige hatte volle Zeit, ihrer unbeholfenen Durchsichtigkeit inne zu werden.

Carlotta stand auf. Komm, sagte sie zu dem Bruder, ohne ihn anzusehen. Sie ging voran nach der Thür, Leonardo folgte, nachdem er mir stumm die Hand gegeben, und so blieb ich mit unserer edlen Wirthin allein. Die Gute saß noch eine Weile in ihrem besinnlichen Stillschweigen. Dann warf sie die beiden Locken zurück und drückte mir mit rascher Zeichensprache in großer Ernsthaftigkeit das Ergebniß ihres Nachdenkens aus. Ich seufzte und zuckte die Achseln. Auch sie seufzte, aber zorniger. Sie ballte eine tragische Faust und drohte zum Fenster hinaus, dem Entflohenen nach. Verräter! sagte sie. Wenn ich ein Mann wäre und an seiner Stelle –!

Ich setzte mich nun zu ihr und suchte ihr den wunderlichen Zustand meines Freundes zu erklären. Ich bot das beste Italienisch auf, über das ich zu verfügen hatte, und schilderte ihr die ganze Krankheit. Sie hörte scharf zu, aber dennoch blieb alles Deutsch für sie, so gut wie versiegelt. Ich sagte: das Räthsel hat ihn angezogen, gefesselt und glücklich gemacht. Sein lang verachteter und mißhandelter

Instinct hat feurige Kohlen auf sein Herz gesammelt und seinen
meisternden Verstand beschämt; denn er witterte das Räthsel, da es
noch tief verborgen war. Nun es aufgelöst ist, fürchtet er, es möchte
nur zu bald seinen Zauber für ihn verlieren, und darum will er bei
Seiten fliehen. – Er ist ein Narr, sagte sie feierlich. Ein rechtes Frauenzimmer gibt dem Mann, und wäre er so klug wie Salomo, sein
Leben lang Räthsel auf. Ihr seid ein unglückliches Volk, ihr Deutschen. Ihr wagt nicht zu genießen, wenn ihr euch nicht vorher ge-
quält habt. Was ist einfacher als das Schöne? Und was ist räthselhaf-
ter? Geht, ihr seid werth in einem Lande zu wohnen, wo Winter
und Sommer sich nur dadurch unterscheiden, daß es im Juli selte-
ner schneit. Napoleon hatte Recht, Ideologen seid ihr. O, o! die Arme, das süße Ding! Wenn Ihr nicht ein Stein seid, Signor Paolo, so
ist es jetzt an Euch, sie zu lieben und zu heirathen!

Diese praktische Schlußwendung ihres Zornes machte mich herzlich lachen und überhob mich jeder Schutzrede für meine Nation.
Aber als ich dann allein war und die Zeilen des Billets nochmals
überlas, gerieth ich in die peinlichste Stimmung. Sollte ich den Auf-
trag unverzüglich ausführen, der vielleicht nur von der ersten,
stürmischen Erwägung dictirt worden war? Eine kleine Fußreise
wollte er vorher machen! Franz! der schon auf der Universität be-
rüchtigt war wegen seiner tiefen Geringschätzung aller Freuden, die
man erwandern muß! Es war offenbar, daß er den Zettel in krank-
haftem, unzurechnungsfähigem Zustande geschrieben hatte. Und
wer stand mir dafür, daß er nicht plötzlich, einen Augenblick,
nachdem ich seinen Koffer auf die Post geschickt, zu mir ins Zimmer treten und meine Psychologie, mit der er mich immer zu necken pflegte, in ihrer Kurzsichtigkeit unbarmherzig verspotten
würde?

Ich beschloß, jedenfalls den nächsten Tag abzuwarten. War es
Ernst mit der Fußreise, so kam die Sendung immer noch früh genug
nach Livorno.

Der Tag verging mir betrübt genug. Unser Zusammenleben seit
unseres Freundes Flucht sah mich so verstört an, wie ein Instru-
ment, auf dem eine Saite gesprungen ist. Wir übrigen wollten nicht
mehr zusammenklingen. Die Geschwister ließen nichts mehr von
sich hören. Signora Eugenia schmollte in ihrer Musenstille mit allen

Deutschen, die den Fehler des Einen nicht wieder gut zu machen und die schöne Traurige zu lieben und zu heirathen eilten. Aristodemo selbst, der sonst gern herüberkam, um Zucker bei uns zu naschen, murrte entfremdet, wenn er meiner ansichtig ward, und nur die gute Stella fuhr fort, ihr geringes Licht in meine Einsamkeit leuchten zu lassen.

So kam die Nacht, und aus unruhigem Schlafe weckte mich ein ängstliches Rühren und Regen im Hause. Schritte hin und her hasteten über den Flur, behutsam gingen Thüren auf und zu, und aus dem Zimmer nebenan, wo Carlotta's Bette stand, fing ich abgerissene laute Sätze auf, die mir sagten, was ich dunkel befürchtet hatte. Ich hörte das Mädchen wie aus dem Traume reden, tief rührende Selbstanklagen, dazwischen: Er verachtet mich, er hat Recht, aber wehe thut's, wehe! Wo find meine Segnungen? Macht ein Feuer im Kamin, Stella! Die Studien hinein, die Skizzen, meine Kleider – mein Herz! Leonardo! Warum sprichst du nicht? Ach, deine Lippen sind ganz blaß, er traf dich gut! Sieh, da steht deine Leinwand; Blut fließt aus dem Schnitt – sie heilt nicht wieder! Ich bitte sehr, schafft mir ein Mädchenkleid, ich will aufstehen und nach Hause gehen – nein, ihr habt Recht, ich darf es nicht mehr tragen, ich hab' es verscherzt, Alles ist hin!

Ich fuhr in großer Bestürzung auf, warf mich in die Kleider und trat auf den Flur hinaus. Das Fieber schüttelt sie, sagte die Wirthin, die eben aus dem Krankenzimmer kam; kaum daß man sie im Bette halten kann. Ich wollte Euch gerade wecken und bitten, daß Ihr einen Arzt holtet. Der Bruder darf ihr nicht von der Seite, oder sie denkt, man habe ihn umgebracht; und Stella muß sie halten. Wenn er das sähe, Euer kluger Freund – wo bliebe sein Spott?

Ich holte den Arzt, der wenig Rath wußte. Doch ließ das Fieber gegen Morgen nach, und über Tag schlief sie so fest und sanft, daß wir schon alle Gefahr überwunden glaubten. Als aber der Abend hereindunkelte, fing es zuerst mit Träumen, dann mit ängstigenden wachen Gesichten von Neuem an, und ich ging in lebhafter Sorge wieder zu dem Arzte. Er war nicht der nächste, denn er wollte am Lungarno, aber ein Deutscher und mir gut empfohlen. Leider hörte ich, daß er über Land geholt worden sei, und trat in wachsender Unruhe meinen Heimweg an, denn ich wußte nicht, an wen ich mich wenden sollte. Der Weg führte mich an der Loggia vorbei, und selbst in meiner Noth und Traurigkeit konnte ich nicht vorüber, ohne einen Blick auf meinen wohlbekannten Perseus zu werfen. Er stand schon in dichten Schatten, melancholischer als je; nur über das Haupt der Meduse fiel ein rötlicher Schein aus einer Straßenlaterne. Wer aber stand neben seinem hohen Sockel, die Arme über die Brust gekreuzt, und sah auf das nächtliche Gewoge des Platzes hinunter? Nein, es war kein Spuk, ich fühlte, daß mich zwei lebendige Augen trafen. Franz! rief ich. Gute Nacht! antwortete der Mann in der Halle und winkte mir mit der Hand, zu gehen. – Im Augenblicke war ich bei ihm. Sie hier? rief ich. Ein guter Gott hat Sie hieher und mich in Ihre Nähe geführt. Sie müssen mit mir gehen, nach Hause, sogleich! – Ich bin hier zu Hause, anwortete er. Es schläft sich gut zu Füßen des ritterlichen Herrn da oben, ich habe es schon gestern erprobt. Es ist sehr reinlich hier und die Nacht angenehm kühl, besonders wenn man sich über Tag heiß gelaufen hat. – Ich will Sie in Ihrer Liebhaberei nicht stören, sagte ich, aber erst müssen Sie mit mir und ein schwer gebeugtes Herz aufrichten und heilen, das sich von Ihnen verachtet glaubt. Ich ging aus, den Arzt zu holen; keinen bessern kann ich nach Hause bringen, als Sie. – Wissen Sie auch, was Sie thun? sagte er düster, indem er sich schon wandte, um mir zu folgen. Können Sie dafür stehen, daß Sie nicht einen Feind mitbringen, wo Sie einen Arzt gefunden zu haben meinten? – Ich antwortete nicht und zog ihn mit fort, und er folgte bald ohne Widerstreben, ja ich hatte Mühe, mit ihm Schritt zu halten. Unterwegs sagte ich ihm, was geschehen war; er hörte alles schweigend an, nur ein Seufzer entrang sich ihm, und eine Zeit lang ging er mit geschlossenen Augen neben mir her. Noch einmal schien er mit sich zu kämpfen, als wir die Thür unseres Hauses erreicht hatten. Er zauderte, mir über die Schwelle zu folgen. »Es ist bestimmt in Gottes Rath,« hörte ich ihn dann vor sich hin sagen, und wir stiegen mit einander die Treppe hinauf.

Signora Eugenia, den Arzt vermutend, erwartete uns oben im Flur. Madonna! rief sie, als sie Franz erkannte, so seih Ihr es wirklich? – Wie steht's? fragte er rasch und bückte sich zu dem Hündchen hinab, das ihn bewillkommnete. – Zitto, sagte sie. Es geschehen noch Wunder. Ihr waret kaum fort, Signor Paolo, da begehrte sie plötzlich mit klarer Stimme, aufzustehen und sich anzukleiden:

sie erwarte Besuch. – Welchen? fragten wir. – Und sie darauf: Ich weiß nicht: fragt mich nicht; aber bringt mir ein Mädchenkleid, denn die Maske da würde mich von Neuem krank machen. – Und das alles ruhig und ohne Einbildungen, obwohl ihre Stirn noch glühte. Was war zu machen? Meine Kleider passen ihr nicht, und Stella ist zu lang, und so entsann ich mich, daß ich noch einen alten Bäuerinnen-Anzug von meinem Braut-Carneval in der Lade verwahrte. Damals hatte ich so ungefähr ihren Wuchs. Was wollt Ihr? Jedes Geschöpf Gottes ... – Kann man sie sehen? unterbrach Franz die Rednerin. – Wenn Ihr es verdient, Verräther! erwiederte sie mit großer Feierlichkeit. – Lassen wir Gnade für Recht ergehen, sagte ich.

... al fine

Ignudo ei mostra di pentito il volto. <u>Endlich</u>

Zeigt er uns unverhüllt ein reuig Antlitz.

Ich wußte es, daß sie einem Citat aus Alfieri nicht widerstand. Sie lächelte erhaben, nickte mit den beiden Locken vor sich hin und sagte: Kommt! Sie ist in Leonardo's Zimmer und sitzt aufrecht auf dem Sopha, wie um Besuch zu empfangen. Süßes Kind! Ich schütte Euch Gift in den Kaffee, Signor Francesco, wenn Ihr sie mißhandelt.

Wir traten in das Zimmer, die Dame voran. Da bringen wir Euch Euren Besuch, sagte sie, wenn Ihr ihn wirklich sehen wollt, nachdem er so heimtückisch sich davon gestohlen. Und man weiß auch noch gar nicht, was ihn fortgelockt hat. Erzählt Eure Abenteuer, Signor Francesco! – Er antwortete nicht und trat rasch an den Tisch, wo die schöne Kranke saß. Die drei Flämmchen der Lampe rötheten ihr blasses Gesicht und beschienen das seltsame Costüm, welches ihr übrigens vollkommen paßte. Welch einen reizenden Wuchs hatte uns der böse Malerkittel vorenthalten! Dazu der Kopf mit den kurzgekrausten Haaren, der nun frei und schlank auf dem feinen Halse sich bewegte, daß man immer noch im ersten Augenblicke zweifeln konnte, welche Verkleidung eigentlich die echte sei. Wie ein gescholtenes Kind, das aber wieder zu hoffen anfängt, man werde nicht immer mit ihm zürnen, blickte sie zu Franz auf. – Sie waren krank? sagte er, sie fest ansehend. Wie fühlen Sie sich jetzt? – Besser – gut, erwiederte sie. – Auch ich hatte das Fieber, sagte er nach einer Pause. Sprechen wir nicht mehr davon; ich habe mich nach meiner Manier damit abgefunden, Jeder hat die seine. Guten Abend, Leonardo; was macht der Verfall der Kunst? – Niemand antwortete eine Silbe. Kommt, flüsterte ich Eugenien zu, mich dünkt, wir sind hier zu viel. – Zu viel? wiederholte Franz laut. Zu *wenig* seid ihr; die ganze Welt könnte in dieses Zimmer sehen, und ich würde mich nicht schämen, wie ein Narr hier zu stehen und zu betteln, daß man mich ein wenig lieb haben möge. Wahrhaftig, es thut mir sehr noth, und du könntest nichts Verdienstlicheres thun, Leonardo, als deiner Schwester zuzureden, daß sie ihre kleine Hand nach mir ausstrecken möchte. Denn ich selbst – ihr mögt mir's wohl ansehen – ich habe nicht mehr Muth, als Aristodemo, aber dafür Treue für zehn seinesgleichen.

Sie sah ihn leuchtend an und hielt ihm über den Tisch die Hand hin. Er legte die seine still hinein. Sehet es alle! rief er, sie wagt es, wahrhaftig, sie wagt es! O, ziehe diese Hand zurück, mein Junge; noch ist es Zeit, noch habe ich sie nicht fest gefaßt und halte sie nicht für immer. Weißt du auch, was du wagst? Kennst du die Hand, vor deren Berührung du dich nicht scheust? Sie trug schon einmal den ersten Ring einer langen Kette und hat Ring und Kette zerbrochen und ein Lebensglück dazu.

Ich sah, wie er in banger Spannung an ihrem Gesichte hing. Aber das Leuchten ihres Auges trübte sich nicht. Da faßte er ihre Hand mit beiden Händen und bog sich nieder und drückte seine Lippen auf die zarten Finger, die er gefangen hielt, und ließ so eine Zeit lang das Gesicht auf ihrer Hand ruhen.

Nein! rief er dann und richtete sich hoch auf, du wagst nichts damit, du nicht, geliebtes Kind! ich weiß es seit diesen zwei Tagen, daß du sicher bist in meinem Herzen für ewig. Ich ahnte es noch nicht, als ich vor dir floh. Ich wollte es nicht noch einmal erleben, was mich vor einem Jahr elend gemacht und beinahe umgebracht hätte: ein unschuldiges armes Herz an mir verzweifeln zu sehen. Dieses Mal hätte ich es nicht überlebt. Es ist nun vorbei, sagte ich mir. Das Räthsel, das dich lockte, ist gelöst. Sie wird wieder, was viele sind, ein liebenswürdiges Mädchen, und der Himmel sende ihr jemand zu, der würdig ist, sie zu lieben. O, ich glaubte Wunder, wie ich wieder zu Verstande käme. Mein Kopf, der eine Weile ganz aus dem Spiel geblieben war, fing seine alten Bosheiten wieder an und hielt es für eine Bagatelle, auch mit diesem Gefühl fertig zu werden. Erkenne dich selbst! triumphirte er. Du bist nur eine Zeit lang hinters Licht geführt worden von einer armseligen Maskerade. Die Maske fällt, und Alles wird nüchtern, und du wachst aus deinen Täuschungen auf. O über den hochmütigen Schächer! Was half ihm sein Raisonniren? Hier innen, da trug ich dich leibhaftig, Zug für Zug, so wohlbekannt und doch so unergründlich, und es war mir, als hörte ich dich den überklugen Freudenverderber auslachen mit deinem hellsten Mädchenlachen, und mein ganzes Herz lachte mit, und ich wußte, daß ich gesund geworden. Glaube es, mein Junge, wenn ich nicht umkehrte und dir zu Füßen stürzte, so geschah es nur, weil ich dachte, nun wäre die Reihe, zu verzweifeln, an mir, zur Buße für meine alte Schuld. Lieber Freund, – und er wandte sich zu mir – habe ich denn recht gehört, daß sie im Fieber meinen Namen gerufen hat?

Ihr seid und bleibt unverbesserliche Ideologen, zürnte die edle Wittwe. Was predigt Ihr da in Eurem abscheulichen Deutsch eine halbe Stunde lang? Wenn ich ein Mann wäre und hätte das Recht erhalten, diesen Mund zu küssen, kein Wort sollte eher aus dem meinigen, und säße mir ein Sonett auf der Zunge, das Petrarca's würdig wäre.

Er sah die Eifernde lächelnd an. Langsam ging er ans Sopha und setzte sich neben die Geliebte. Kind, sagte er, »ich sterb' um dich!« Sie sahen einander mit vollem Glanz des Glückes in die Augen und schwiegen. Dann stand Franz auf, umarmte Leonardo und sagte: Wir wollen gehen. Es ist spät, und dies ist ein Krankenzimmer. Und wenn ich morgen zu dir komme – wirst du es nicht verschlafen haben?

Sie antwortete ernst: Nicht im Tode verschlief' ich es, daß du mich liebst!

\*

Wenige Tage darauf saß ich am Vormittag in dem dämmerhaften, stillen Zimmer der Signora Eugenia mit ihr allein. Sie lag wieder, wie sie pflegte, in eine ehrwürdige Kugel geballt in der Sophaecke, Aristodemo ihr zu Füßen. Wir waren alle drei sehr betrübt.

Sie haben gutes Reisewetter, sagte ich endlich. Der Himmel ist bewölkt, und der Wind regt sich seit Wochen zum erstenmal. A-propos, da habe ich noch meine Bestellung an Freund Aristodemo vergessen. Diesen Kuchen schickt ihm Carlotta.

Welch ein Herz! seufzte die edle Wittwe. – Nach einer Pause: Sie hätten hier bleiben und in Florenz Hochzeit machen sollen. Wie kann man sich freuen, wenn man friert?

Werthe Freundin, sagte ich, in unserer Heimath blühen jetzt, ohne Uebertreibung, die Rosen im Freien. Und dann, er mußte nach Hause, ich rieth ihm selbst dazu. Die Stadt, wo er lebt, ist eine Art Republik. Nun sind sie auf den Gedanken gekommen, ihre Verfassung zu ändern, und haben ihm geschrieben, daß man ihn in den Ausschuß gewählt habe. Nichts konnte sich glücklicher treffen, um jeden Rest seines alten Uebels aus ihm wegzutilgen und ihn vollends dem Leben wiederzugeben.

Muß denn gleich wieder gearbeitet werden? sagte sie zürnend. Freilich, es mag sonst wohl bei Euch nöthig sein gegen das Frieren. Aber wer *diesen* Schatz heimbringt – er sollte sich schämen, nicht die Welt darüber zu vergessen.

Darauf lag sie eine Weile mit geschlossenen Augen, und sprach dann, sie öffnend und feierlich in die Höhe blickend, folgende Verse:

> O lieblich war die Zeit, da wir sie hatten,
> Holdselig wie der Hauch der Morgenröthe!
> Wie junger Lerchen silbernes Geflöte,
> Scheucht' ihre Stimme dieses Lebens Schatten.
> Und so wie Dämm'rung lagert auf den Matten,
> Umgab Geheimniß sie. Den Reiz erhöhte
> Ein stiller Gram um jugendliche Röthe,
> Und auch ihr Leid kam unsrer Lust zu Statten.
> Nun schwand sie weg. Die Schleier sind gefallen,
> Der grelle Tag sieht stumm in mein Gemach,
> Der Abend naht, mit ihm die Nachtigallen.
> Umsonst! Und ahmte selbst die Muse nach
> Der lieben Stimme Klang – ach, in uns allen
> Bleibt eine Sehnsucht nach der Lerche wach!

## Über tredition

### Eigenes Buch veröffentlichen

tredition wurde 2006 in Hamburg gegründet und hat seither mehrere tausend Buchtitel veröffentlicht. Autoren veröffentlichen in wenigen leichten Schritten gedruckte Bücher, e-Books und audio-Books. tredition hat das Ziel, die beste und fairste Veröffentlichungsmöglichkeit für Autoren zu bieten.

tredition wurde mit der Erkenntnis gegründet, dass nur etwa jedes 200. bei Verlagen eingereichte Manuskript veröffentlicht wird. Dabei hat jedes Buch seinen Markt, also seine Leser. tredition sorgt dafür, dass für jedes Buch die Leserschaft auch erreicht wird.

Im einzigartigen Literatur-Netzwerk von tredition bieten zahlreiche Literatur-Partner (das sind Lektoren, Übersetzer, Hörbuchsprecher und Illustratoren) ihre Dienstleistung an, um Manuskripte zu verbessern oder die Vielfalt zu erhöhen. Autoren vereinbaren direkt mit den Literatur-Partnern die Konditionen ihrer Zusammenarbeit und partizipieren gemeinsam am Erfolg des Buches.

Das gesamte Verlagsprogramm von tredition ist bei allen stationären Buchhandlungen und Online-Buchhändlern wie z. B. Amazon erhältlich. e-Books stehen bei den führenden Online-Portalen (z. B. iBookstore von Apple oder Kindle von Amazon) zum Verkauf.

Einfach leicht ein Buch veröffentlichen: **www.tredition.de**

## Eigene Buchreihe oder eigenen Verlag gründen

Seit 2009 bietet tredition sein Verlagskonzept auch als sogenanntes "White-Label" an. Das bedeutet, dass andere Unternehmen, Institutionen und Personen risikofrei und unkompliziert selbst zum Herausgeber von Büchern und Buchreihen unter eigener Marke werden können. tredition übernimmt dabei das komplette Herstellungs- und Distributionsrisiko.

Zahlreiche Zeitschriften-, Zeitungs- und Buchverlage, Universitäten, Forschungseinrichtungen u.v.m. nutzen diese Dienstleistung von tredition, um unter eigener Marke ohne Risiko Bücher zu verlegen.

Alle Informationen im Internet: **www.tredition.de/fuer-verlage**

tredition wurde mit mehreren Innovationspreisen ausgezeichnet, u. a. mit dem Webfuture Award und dem Innovationspreis der Buch Digitale.

tredition ist Mitglied im Börsenverein des Deutschen Buchhandels.

## Dieses Werk elektronisch lesen

Dieses Werk ist Teil der Gutenberg-DE Edition DVD. Diese enthält das komplette Archiv des Projekt Gutenberg-DE. Die DVD ist im Internet erhältlich auf **http://gutenbergshop.abc.de**

Zeitfracht Medien GmbH
Ferdinand-Jühlke-Straße 7
99095 Erfurt, Deutschland
produktsicherheit@kolibri360.de